母の旅立ち
CEメディアハウス
尾崎英子

脳転移による癌性髄膜炎《がんせいずいまくえん》やった」

「脳転移？」

「原発の乳がんがいろんなところに転移していて、脳にもやな」

脳、というのはインパクトが大きかった。

「えっ……大丈夫なん？」


いやいや、大丈夫なわけがない。

病気が見つかった時にはステージ4の乳がんで、まともな標準治療を受けていないのだ。大丈夫なわけがないし、いろんなところに転移していることは予見できていた。


「めまいとふらつきで倒れたけど、いまのところ意識はある。生命予後を保つというよりはQOL（生活の質）のために脳への放射線療法を勧めたんやけど……お母さん、いつものことながら拒否ってて、このまま今日中に退院することになる感じやわ」

ようこ姉はいつものことながら淡々と説明する。

お母さん、また拒否ってるんか……。

「すぐに駆けつけたいけど、わたし、いまシンガポールにおってさ」

「えっ？　この電話シンガポールにかけてるってこと！　ちょっ！　早よ言いや！　電話代！」

通話が一方的に切られた。

たしかに電話代な。

でもこの話の流れで言うタイミングなんてあった？

ところで、この電話をくれたようこ姉は、尾崎家の次女である。わたしは四女。我が家は四姉妹なのだ。

最初に紹介しておくと、

長女たつこ。大阪在住。
次女ようこ。京都在住。
三女あきこ。東京在住。
四女えいこ。東京在住。

医師で訪問医療のクリニックをやっているようこ姉は、終末期に入った母の主治医となってくれていた。専門は麻酔科で、医師を志したのも、人の命を救うより、人の生をより良く終えるための医療に興味があったからと聞いている。これまでも多くの患者さんを看取ってきたが、家族の主治医となるのははじめてのことだった。

両親が暮らす実家は大阪の南部に位置する堺市にある。ようこ姉から母の容態などについて、離れて暮らすわたしたち姉妹に、こまめに連絡があった。

母と話しても、なかなか本当の状況が見えないものだから、ありがたいことだった。

この数日前も母と電話で話していたが、難波に出かけていたと言っていた。まだまだ一人で出歩けるくらいなんやな、と安心していたところだったのに。

母がこういう病状になり、ようこ姉は教えてくれた。

「がんってな、準備する時間を与えてくれているという面ではけっして悪い病気ではないんよ。だってこの世には、本人にも家族にも心構えができていない死だらけや。

事故や災害の死もあるやろ。病気やって、予見できないものがたくさんある。その点、がんはたくさんの症例があるから、研究も進んでいる。薬も日進月歩で作られているしな。

ただ、急にガクッと来るものやから怖がられてしまうんよね。でも、医師からすると、だいたい読めているもので」

そのガクッというのが、母に訪れたのだろう。

ここからは一気に進んでしまうのだろうか。
この時点で、わたしにはまだ何も読めていなかった。

シンガポールにいたのは所用があってのことで、わたしは息子二人と訪れていた。母のことがあったので、日本を離れるのに不安がなくもなかった。とはいえ、母はそれなりに元気そうだったし、息子たちにとって楽しい予定であったので思い切ってやって来たのだった。
こういう状況において、予定を組むのは難しいものだ。

その電話をもらった時、わたしはチャイナタウンを観光していた。仏牙寺龍《ぶつがじりゅう》華院《かいん》という寺院と博物館の複合施設に巨大な摩尼車《まにぐるま》がある。ご利益があるというので、母の快癒を祈った直後だった。お母さんの病気が治りますように、と。

快癒どころか脳転移かい！

たいそうなご利益である。

だがじつのところ、祈りに身が入らないような気持ちでもあった。

そもそも、母は病気を治したいと思っているのか？

本人にその気がないのに、快癒を祈るのは無駄なのでは？

母のがんは相当やっかいなものだった。

ようこ姉いわく、なかなか見たことがないほどの悪性度の高さ。

「治療方針としては転移があるから化学療法をし、そこで効いていたら手術に持ち込むというもの。抗がん剤というのは誤解を恐れずに言うたら「毒」を投入するようなものやから、悪性度の高いお母さんのがんにはめちゃくちゃ効きやすいわけよ。それやのに！

一度受けてみたらしんどかったんか、『抗がん剤なんてやったら病気になるわ！』と自己判断で治療をやめてしまってさ。それを聞いて絶句したけど……まあ、あの人らしいわ」

あの人らしい。

たしかに、そうだった。

化学療法をやめた母は、いかにも母らしく、代替療法にハマっていたのだった。

目次

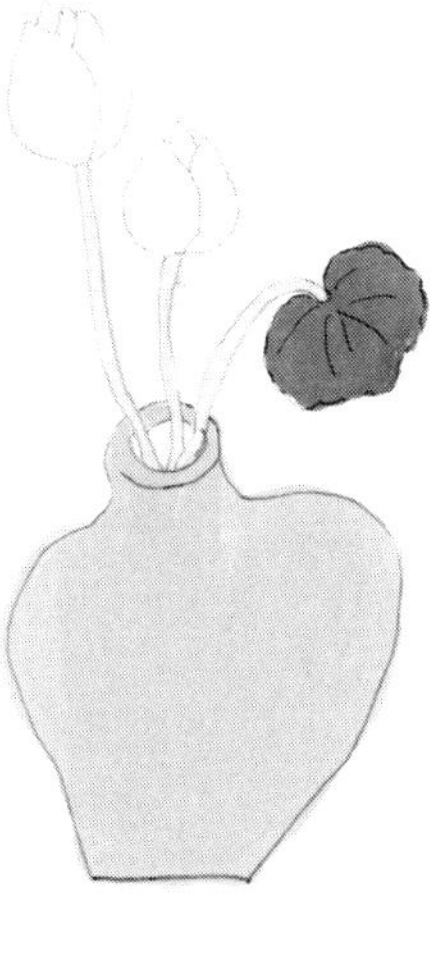

第一章
四姉妹、団結する

その日まで二四〇日

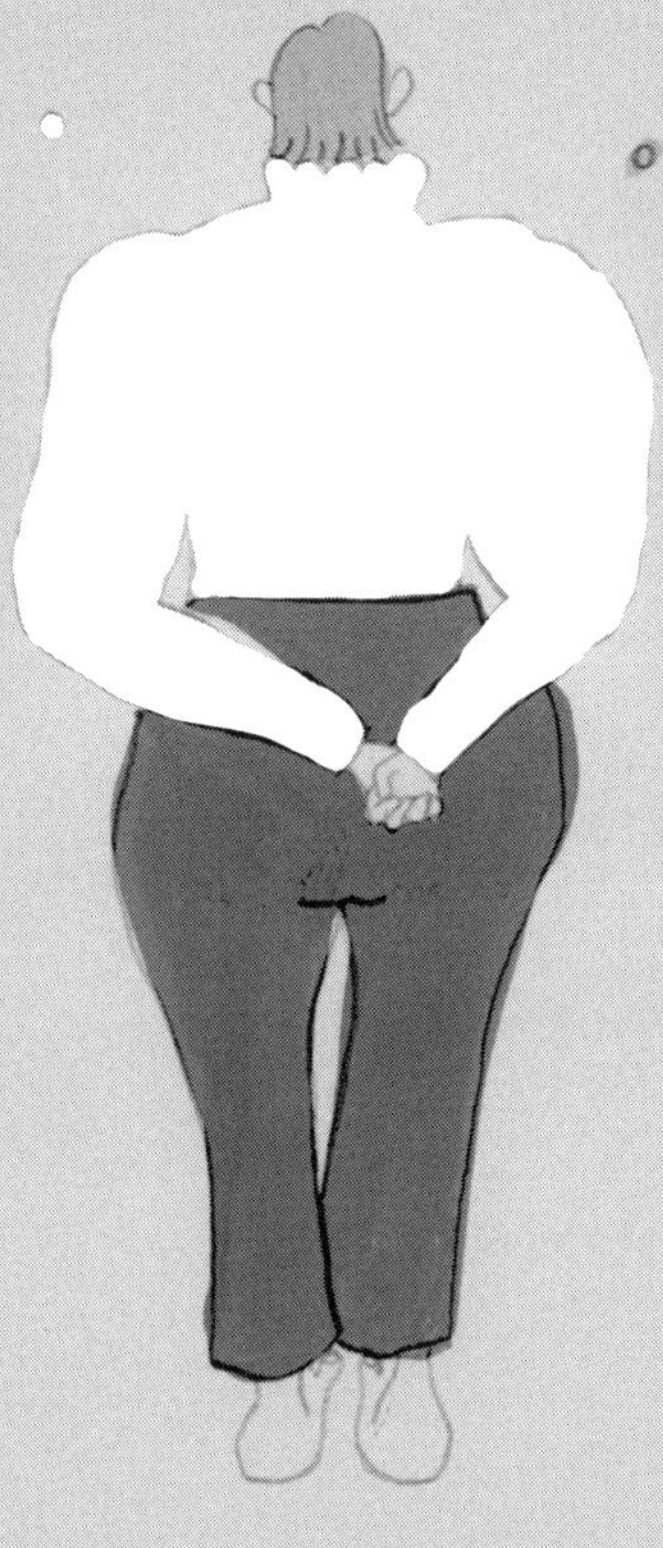

「わたし、帰らなくちゃならなくなったわ」

母、よしこの病気がわかったのは、その前の年の十一月だった。

九月のはじめ頃。
母が変な咳をしていた。それが長引いていることに気づいたのは、大阪市内に住んでいて両親の身の回りのあれこれをしてくれていた長女のたつこ姉だった。

受診するよう勧めたが、病院嫌いの母は気が向かない様子だった。
だが、次第にひどくなり、父がお世話になっている近所のクリニックに行ったところすぐに基幹病院を紹介され、精密検査をすることになった。

結果が出たのが十一月だった。

その日もたつこ姉は実家にいた。そして、タクシーで病院から帰ってきた両親と会話をしている。

先に家に入ってきた父は、ひどく不機嫌な様子で文句を言った。

「おい、たつこ。お前のお母さん、ほんまにアホやで！　治療せえへんって言うんやど。死んでまうで！」

両親が揃ってどこに出かけていたのかも知らなかったたつこ姉は、父が何を怒っているのかさっぱりわからなかった。

ほどなくして、母がいつもと変わらない笑顔で入ってきた。

「ちょっと。お母さん、どうかしたん？」

「たっちゃん、それがねー。わたし、帰らなくちゃならなくなったわ」

「はあ？」

「がんやって、ステージ4やって」

母はそう言った。まるで、ちょっとした秘密を耳打ちするように。

母が亡くなった後、母の病気を振り返るように話した時に、たつこ姉はわたしたち、妹に訊いた。

「最初に聞いた時はあまりにびっくりして、頭が真っ白になったわ。だって、いきなりステージ4やもん。ステージ4の詳細を聞き出すことに必死で、スルーしてしまったけど、あの時に言っていた『帰らなくちゃならなくなった』って、どういうことやったんやろうな？　どう思う？」

どう思うと言われても、真相は藪の中。

ただ、それを聞いたわたしたちの脳裏には、同じことが思い浮かんでいた。

ところで、うちの母はたいへんな変わり者で、なかなかのトラブルメーカーだった。

僭越ながら、母に振り回された娘全国ランキングがあったなら、けっこう上位に食い込める自信がある。


母という人はたいへん明るくて好奇心旺盛で、いろんな話を面白く話してくれるので、一緒にいると楽しい。ハウス食品のシチューのCMに出ていた女優の浜美枝さんによく似ているといろんな人から言われていたように、母は笑うと優しげに見え、娘の目にも、なかなか魅力的な人として映っていた。

一方で、何事も宇宙レベルで考えてしまうところがあるというのか……このあたりはいまだにうまく説明できないのだが、地球で生きていくための金銭感覚が圧倒的に身についていない人だった。


じつは母の病気のことをたつこ姉以外の姉妹三人が知ったのは、検査結果が出てから二カ月ほど過ぎた頃だった。

それは年が明けた、一月二日。

なぜそんな遅くまで知ることがなかったかというと、たつこ姉以外が、母と断絶していたためだった。

尾崎家では何度目かの母の金銭トラブル発覚があったのだ。

簡単に説明すると、たつこ姉の娘（つまりわたしの姪）が高校一年間留学するための費用を父が三百万円用意していた。それを母は、勝手に「友達」に貸していたことがわかったのだ。

「嘘でしょ？　あの子の留学費用をあげたの？　ないってこと？　どうするん？　留学できへんやん！」

たつこ姉が発狂すると、違うわよ！　と母は反論した。

「あげたんじゃないの。一時的に貸しているだけ！　もうすぐ返してくれるって。熊本に実家があって、今週末には実家に行って借りてくるっていうから」

「なんで貸すん？」

「信じられる人やの、いい人なんよ！　どうしてもお金が必要で、それがないと自殺するしかないっていうんよ？　しょうがないやないの！」

全然しょうがなくないから！　って思った人は手をあげてください。

そうなんです。

誰もがおかしいと思うことに騙されてしまうのが、この母の最大の欠点なのだ。あらゆる長所を打ち消すレベルの、ミサイル級の欠損を抱えている人なのだった。

あんたの「友達」がどんな人かは知らんけど、本当の友達は自殺をちらつかせてお金を貸してくれとは言わんから！　って、たいていの人が思うのに、それを見抜けない。お金の価値もわかっているようで全然わかっていない。そういう、どうしようもない人なのだ。

母とはしばらく話したくなかった。

いつもながらだが、許しがたかった。

父が孫のために用意したお金を勝手に他人に貸すなんて、あまりにも身勝手すぎる。姪にしても、ショックなことだった。優しく大好きな祖母が、自分の留学費用を知らない人に渡していたのだから。

案の定、この三百万円は返されることなく、「友達」というのは雲隠れした。けっきょくようこ姉に頼んで、とりいそぎ三百万円を出してもらった。たつこ姉は自分の夫に事情を話して、ようこ姉にすぐに返済し、姪はなんとか留学することができた。

驚かれるかもしれないが、我が家の歴史は、こういうことの連続だった。

母が起こした様々な金銭トラブルの中でも、ずば抜けて高額なのが二つある。

新興宗教にどっぷりはまったことによるお布施。

そして、母の会社の倒産だ。

前者は、母が同時進行ではまっていた四、五カ所の新興宗教にばらまいていた。口を割らなかったが、おそらく億単位のお金をお布施として渡している。床の間には怪しすぎる壺やら仏像やらが並んでいたのだが、あれらは、いくらしたのやら。

後者は、父が所有していたビルの一角で、母はエステティックサロンを経営していたのだが、不渡りを出し、倒産させたトラブルだ。借金を隠そうとして変なところにも借りてしまい、二億円以上に膨れ上がっていた。

結果的に、父がすべてを背負って返済してくれた。簡単なことではなかったはずだ。もっとも羽振りがよかった時には長者番付にも載っていたと聞いたことがあるが、尾崎家の財産の多くを母が消費している。それはもう、みごとなまでに。

人が人を変えることはできない。
自分自身が変わりたいと思わない限り、変わらない。

母は反省しない人だった。何が悪いのかもわかっていなかったのかもしれない。だから、永遠に繰り返す。

そういう人が親であることは、とても怖いことだった。

年末年始も帰省しないでいいと、たつこ姉経由で両親から連絡があった。

「お母さんが、年末年始は帰ってこないでええからって」

「あっそう。帰るつもりはなかったけど。何なん？　逆ギレ？」

「まあまあ……お母さんも、いろいろ思うところがあるんやろうし」

どこか奥歯にものが挟まったような言い方だった。

自分の娘の留学費用を使われ、直接の被害者であるにもかかわらず、この姉だけはなぜか母と連絡を絶っていなかった。この時だけではない。なんだかんだ言って、たつこ姉はいつも母を見捨てない。いや、見捨てられないのかもしれない。

四姉妹の中でももっとも母と過ごした時間が長いのは、長女だろう。それゆえなのか。たぶん、本人もよくわかっていない。

母に来ないでもいいと言われたので、はいはい、行きませんとも、と帰省しなかったが、父には年始の挨拶をしておこうと思っていた。

すると、一月二日、あきこ姉からわたしのもとに電話がかかってきた。

三女のあきこ姉もわたしと同じく東京に住んでいる。母にたいしても激怒していて帰省もしていない。姪のお金が流れた母の友達という人の家まで押しかけて、話をつけようとまでしてくれた行動派だ。

「あきちゃん、あけましておめでとう」

「ああ、おめでとうね。っていうかさ、えいちゃん知ってる？　お母さん、ステージ4のがんなんやって」

「はあ？　どういうこと？」

「さっきお父さんにお正月おめでとうの電話したんよ。そうしたらお父さん、よしこはもうすぐ死んでまうどって言うわけ。わたしびっくりして……そっか、えいちゃんも知らんかったんやね」

この後にようこ姉にも伝えて、四姉妹の知るところになったのだった。

話を戻すと、母が言った「帰る」ってどこ？　という謎である。

母は常日頃から、自分はかつて、おそらく前世と呼ばれるような時代に、シリウスという星に長らくいたと言っていた。自分の記憶としてあるのか、霊能者界隈に言われたのかはわからない。信じるか信じないかはあなた次第です、みたいな話なのだが、切実なまでに言い続けていたので、

「お母さん、やっぱりシリウスに帰るってことなんかな～」

というのが四姉妹の脳裏に浮かんだことだった。

シリウス星出身なら、物質世界の地球ではさぞ生きづらかったでしょう。

シリウス星人には金銭感覚なさそうやもんな。

知らんけど。

「あの人らと一緒にされたくないんだが」

母の脳転移の電話をもらった翌日、わたしは予定通りシンガポールから帰国した。

すぐにでも母の様子を見に行きたいところではあったが、東京でやるべきことも溜まっていたのでおいそれと動けず、ようこ姉に電話してキャッチアップすることにした。

「基幹病院の先生は熱心に治療を勧めてくれて、娘さんが医師なら説得するようにと言ってくれたんやけど、あの母がわたしらの言うことを聞くわけないやん」

まあ、そうだろう。強情な母が、娘であろうが他人《ひと》の話に耳を傾けて気持ちを変えることはない。

「だから、その先生にも伝えたんよ。あの母は変わっているし、どうしようもないんです。自分の娘が医者なのに、現代医療にたいする根拠なき不信感も強いですから、治療をさせるんは無理なんですって。こう言われたら、その先生、それ以上何も言われへんわな」

あの変な母親にして、この娘。

そう思われたに違いない。医師なのに、家族に積極的治療を勧めない変わり者というレッテルを貼られてしまったことにたいして、姉も心外ではあったのだろう。

「たしかにわたしは変わっているかもやけど、あの人らと一緒にされたくないんだが……残念やわ」
そう嘆きながらも、今日もまた京都から堺まで車を飛ばして行ってくれるという。

身内に医師がいてくれるのは心強い。しかも年間で五十人から六十人の患者さんをお見送りしている『看取りのプロ』である。さらに、ようこ姉は僧侶でもあった。この世からあの世までサポート！
命を救うことが医師の仕事なら、死は負けになってしまうが、姉はそうではないと言う。

命ある者は致死率100パーセント。
生きることの延長線上に死がある。
ただそれだけ。
こういう考え方が根底にあるから、医師として少し異端と思われることがあるのかもしれない。


「それで、お母さんの余命っていうのか、そういうのは？」

「残された時間は、一カ月あるかないか」

「そんなに短いの？　一カ月しかないの？」

「いや、もっと短くなるかもな」


その日は七月三十日だった。

夏休みが終わる前に、母は逝ってしまうかもしれない。

あまりにも現実味のないことだった。


「そっか……すぐにでも行きたいな、お母さんのところに」

「焦らんでええよ。今日、あきちゃんが動けるっていうから、朝一で新幹線に乗って堺に向かってくれてる。こっちは大丈夫やで」

二人は咳が治らない母が最初に受診したクリニックに、お礼ともろもろの報告をしに行ってくれることになっていた。

電話を切った後、しばらく呆然とした。


一カ月か。

それよりも早くに訪れるかもしれないのか。

その日まで、どんなふうに過ごすのがベストなのだろう。


夏休み真っ只中だった。二人の息子は学校に行かずに家にいて、三食用意する日々だ。お盆には夫の実家に帰省する予定もあった。

それに仕事もある。はじめてドラマの脚本を書かせてもらった『コートダジュール Ｎｏ．10』の試写会が八月十六日に迫っていた。

すでに完成しているので、とくにやるべきことはなかったが、試写会には出席したいと思っていた。

スケジュールは詰まっていて、時間は刻々と過ぎていく。

標準治療を放棄した母の病気の進行は、待ったなしだ。

それにしても、まさかこんなに早く母が死を迎えることになるなんて思わなかった。

言ってはなんだが、父のほうが先だろう。当然のように、そう考えていた。

というのも、父は若い頃の不摂生で四十代になると糖尿病を発症し、ずっと治療を受けていたからだ。

しかも母とはベクトルの違う困り者の父は、いっさいの食事療法を拒否している。塩分も水分も気にせずに好きなものを食べ続けていた。

うどんを食べれば汁まで飲み干す！

それが俺のやり方！

てなもんで。

以前は注意をしたものだが、こちらも他人《ひと》の言うことを素直に聞くたちではない。(他人の話を聞かない両親から生まれたわたしもまたそうなんだろうか……だったらいやだから気をつけたいものだ)

長く生きれば幸せというものでもないんやし、勝手にしたらええわ。好きに生きればええんちゃう。

そんなふうに考えるようになり、いつ「その日」が来てもいいように心づもりしていたら……。

なんと、母が父を追い抜かそうとしている。

「大丈夫よ。わたし、死なないから」

実家近くのクリニックの主治医は、母のことをたいへん案じてくれていたようだ。

「検査結果を報告してくれた時、お母さんはがんと一緒に生きていくと言っていたんですよ。本当のことを言うとやる気をくじくので反論しませんでしたが、自分の病識をご理解されていないんだなと思いました。ご家族として知っておいてください」

そういう話を主治医から聞いて、ようこ姉とあきこ姉が実家に帰ったところ、父が母に怒っていた。

目が見えにくくなっていた父に代わって母が運転していたのだが、もうしたくないと母が言うのだと父は憤慨していた。

「お前が運転してくれへんかったらどないすんねん。俺、どこにも行かれへんやんけ」と。

母は反論するのも億劫という様子だったという。それを見た姉たちの絶望はたやすく想像できた。

あなたたち、何もわかってない。この後どれくらい早く進むのか、残された時間は本当に少ないんだってことをわかっていない。

もうこの人死ぬわけで、何週間かでもうすぐ死ぬ人に運転しろとか言うのはやめてくれ。

ようこ姉はきつい関西弁で捲《まく》し立てた。

何度も「死ぬんやで！」を連呼した。

死が迫った本人の前でそんなふうに言って良いわけがない。姉もよくわかっている。なんてったって、その道のプロなのだから。患者さんの前でこんな言い方をしたことはないだろう。

ただ、家族だから。

在宅で緩和治療を選んだ母の主治医となったとはいえ、娘でもあるから。

感情的になる。

これくらい言わないとこの人たちはわからないと知ってもいる。

だが、驚くことに、あんなに言われたのにもかかわらず、母にはあまり伝わっていなかった。

その翌日にわたしが母と電話で話して、それが判明する。


「大丈夫?」

「まあまあやわ、心配せんでええから」


いつものように軽く返ってきた。


母の病気を知ってすぐに電話した時も、同じような返事だった。

だけど、あの時よりも声は沈んでいた。


「ちょっとバタバタしているんやけど、近いうちに帰ろうと思ってるから」

「あらそう。でもほんま、心配せんといて」

「いやいや、心配するよ」

「ありがたいけど、大丈夫よ。わたし、死なないから」

えっ？　いまなんて言った？

わたし、死なないからって言ったよね？

やっぱりそう思ってるんや。あんなにも昨日ようこ姉にきっつい言葉でどやされたっていうのに。

「あはは。ほんまや、死なへんわな、お母さんは」

明るくそう言い返すのが精一杯だった。

わたし、死なないからと言った母の真意を、この後もわたしは問い続けることになる。

激怒した姉の言葉をスルーしているとも、思えなかった。とはいえ、母がどういう意味でこう言ったのかを掴みきれない。

虚勢から出た言葉なのか。

あるいは、本当に死なないと信じているのか。

はたまた、ウルトラCなのか。何事も宇宙レベルで考える母だけに、肉体は死んでも魂レベルでは死なないというような、そんなウルトラCなのか。

うーん。わからない。

あの人のことを「ほんまにわからん」と思っていたけれど、「ほんまにわからん」のままお別れすることになりそうで、わたしはただ唸るしかなかった。

その日まで十六日

第二章
次女、看取りのプロ仕事

「よしこ、ほんまにあかんぞ」

がんが脳転移した段階で、母が自立して生活することは困難だった。それはつまり糖尿病の父の生活も危ぶまれることを意味する。

母が亡き後のことも考え、ようこ姉から一つ提案される。

「あの二人には、わたしが通うことができる京都のサ高住に入ってもらうのがいいと思う！」

サコウジュウ？

はじめて聞くワードだった。

『サービス付き高齢者住宅』の略だとようこ姉が教えてくれた。

基本的な身の回りのことは自分でできる要介護度が低い高齢者を対象とし、バリアフリー構造になっていたり、食事や日々の簡単な検診などの生活支援のサービスが受けられたりする住宅だ。

「この様子だとお母さんが最期を迎えるのは、食事もあまりとれなくなっているので数日のうちになりそうやわ。

そこで問題なんは、お母さん亡き後のお父さんの生活をどうするかってことや。いまのうちにお母さんと一緒にサ高住に入所してもらうのがいいと思うねん。だって、お父さん一人になってからやと、ぜったいに行きたがらんで。俺はこの家を離れたくないって言うのが目に見えてるやん。でも、お母さんのためにそっちに移るってことやったら、お父さんはオーケーせざるを得ないはずや。ってことで、先週のうちに何軒か見学しておいたんよ」

脳転移して搬送された病院から帰宅した父と母に、ようこ姉はサ高住のパンフレットを見せていた。

「おいおい時期が来たら考えるわ」

母はちらっと見ただけで、そう言ったようだ。

おいおい、それがいまなんやってば！

そんなツッコミが、たった数日で現実となる。

八月一日の早朝。

父からようこ姉とあきこ姉にSOSの着電あり。

「よしこ、ほんまにあかんぞ」

母が夜中にうめき出した。いまも苦しそうだ。どうしたらいいのか、ということだった。

脳転移がわかった七月二十九日の時点で、母は介護保険の申請も途中だった。

ケアマネジャーさんとの初面談も翌週だった。あまりにも対応が遅れているので見かねたようこ姉が各所に連絡してくれ、八月一日にケアマネさんに来てもらうことになっていたのだが……そうしたら、父からのＳＯＳだ。

確実に、かなりの至近距離まで死が母に迫っている。

聞いていたとおりだ。

ガクッと来るのは突然。

そこからの展開の速さは、こちらの気持ちが追いつかないほど。

その日もわたしは予定があり、動けそうにないことを伝える。

ここまで、何も手伝えていない。そのことがはがゆかった。どうしてよりによってスケジュールの詰まっている時に、忙しい夏休みに、こんなことになるのか。

ようこ姉の電話を切ってすぐに、父に電話すると、狼狽《うろた》えているのがわかった。

「お母さんはどうしてんの？」

「リビングのこたつのところで寝転がってんで。痛いんちゃうか、丸まって動かんわ」

「ベッドで寝たほうがいいのに」

「二階に行くのもしんどいんやて、ここでええっていうんや」

父の寝室は一階で、母は二階のかつての子供部屋のベッドで寝ていたのだが、もう階段を上ることが困難になっていたのだろう。

それでも、ようこ姉が介護ベッドを勧めても拒否していた。事態の深刻さを理解していないのではなく、母のプライドかもしれない。

リビングで痛みに耐えながら丸まって寝転がっている母の姿を想像して胸が痛んだ。同時に、どうして弱音を吐けないのだろうと悲しくもなった。

ここまでの母の話を聞く限りではあまり理解を得られないかもしれないが、

それでもわたしは言いたい。母はオリジナルの魅力がある人だった。博愛すぎて、誰にでもいい顔をしてしまう。母、よしこという人を端的に説明するなら、愛にみちた度を超えたええかっこしい。

お金も含めて、誰かに手を差し伸べることはやたらとしたがるくせに、自分は誰かの手を求めることができない。

不器用な人なのであった。

その後、ようこ姉から進捗状況が姉妹のグループLINEに送られてくる。

――午前九時にケアマネさんに電話しました。今日来ていただく予定だったけれど、事情を話して、今日の面談はキャンセルしました。

――見学した中で一番好印象だったサ高住にも問い合わせました。突然今日入所を申し込んで今日からお願いすることは可能かと訊いたところ、可能です！　と力強い返事をいただきました！　急遽その方向で進めることで、お父さんとお母さんからも了承を得る。

――あきちゃんがまた駆けつけてくれることになりました。わたしは往診があって両親の対応ができないので、あきちゃんにお母さんに付き添って京都のサ高住まで来てもらいます。

さすがプロだ。仕事が早い！
どんどん話が進んでいった。
また、あきちゃんが行ってくれるのか。ラジオの構成作家をしているあきこ姉は、フリーランスで自由がきくとはいえ多くの仕事も抱えているのに、すみません。そういう気持ちで、動いてくれる姉たちに感謝した。

京都までは、実家の隣に住む「ちゃあちゃん」の息子さんが車を出してくれることになった。仕事を終えた後なので十八時すぎになるけどええか、とのことだった。もちろん、ありがたい！

強がりな母のために、みんなが予定外の動きに合わせて調整してくれた。

いやいやではなく、心からあなたのために動いてくれているんやで！
平身低頭で深謝してもらいたい！
あなたが前もってあれこれ決めていたら、こんなにバタバタすることはなかったのに、どういうつもりなん。

残念ながら、本人はそれどころではない。

そして、わたしはまたあのことを思う。

死から目を背けて虚勢を張り、何もしないできたのか。
本当に死なないと思っているから、何もしなかったのか。
それとも、ウルトラＣなのか。

やはり、考えてもわからなかった。どこまで惑わせてくれるのかと、今度は母をなじりたくなる。気持ちが忙しい。

ただ、不思議なことに、悲しいとはあまり感じていなくて、もっとも強く感じていた感情は、寂しい、だった。

いろんな意味で派生する寂しさだが、最期の姿が見えてきてなお、ますます母にたいする『?』が増えていくことが、たぶん一番寂しかった。

もちろん家族であったとて、誰かを完全に理解することなんてできないし、できると思うことが傲慢だ。

それでも、だ。

血を分けた親子として、もう少し通じるものを感じたかった。

家族さながらの隣家

この寂しさについては、わたしの生い立ちを知ってもらえたら理解していただけるだろうが、わたしは母がわたしの母親であるという実感が平均的な母と子よりも薄いように思う。

それは共有する時間の少なさが大きな原因の一つだろう。なぜ少なかったのか？

その説明をする前に、尾崎家の隣に住む「ちゃあちゃん」の存在と、母の若かりし頃のこと、父方の実家のことについて語らなくてはならない。

母は私の父方の祖父の伝手《つて》でお見合い結婚し、十九歳で山口県の小さな集落から縁もゆかりもない大阪に嫁いできた。結婚の翌年には長女たつこを出産している。二年後に次女ようこ、そのまた二年後に三女あきこが生まれた。

だが、それでは父の父親は納得しなかった。

父方の家は大阪で河豚《ふぐ》と鮪《まぐろ》の卸業を営んでいた。父は三代目である。当時は卸業が衰退していくなど考えもしなかったのだろう。母は家を継ぐ男子を産むことを求められていた。

若き日の母もその責務を理解し、二年ごとに妊娠、出産したが、いずれも女子だった。

　産み続けたはいいが、なんせ母はまだ若かった。実母は遠く離れていて、義母はきつい性格だ。あまり頼れなかったのかもしれない。慣れない育児、しかも二つ違いの子が三人もいる。

　疲弊していた母を見るに見かねて助けてくれたのが、隣人の通称「ちゃあちゃん」だった。ヒステリックに子供を叱りつけている母の姿を見て、これでは母親も子供もかわいそうだと思ったのだろう。ちなみに関西の一部の地域で、「お母さん」の愛称として「ちゃあちゃん」という呼び名が使われているらしい。

　ちゃあちゃんの家にもお子さんが三人いて、一番下の娘さんである、いとちゃんと長女たつこは七歳差。いとちゃんはいいお姉さんとして遊んでくれるようになった。いとちゃんの上にも娘さんと息子さんがいて、これまた面倒見がいい。ちゃあちゃんの旦那さんも子供に優しい人だった。

　ちゃあちゃん一家総出で、隣に住む女の子三人をかわいがってくれ、同時に若くて不慣れな母に寄り添ってくれるようになった。

ちゃあちゃんの家で一緒にご飯を食べることも増えて、気づいたら二つの家が一つの家族みたいになっていた。

男子を産むように言われ、そのとおりに励んできた母は孤独だったはずだ。その姿を思い浮かべると胸が締め付けられる。

孤独だった母が掴んだ希望の光、それがちゃあちゃんだった。

ちゃあちゃんもまた苦労の人だった。たしか二、三歳の時に病気で父親を亡くしていたので、顔を覚えていないと話していた。また、母親も子供の頃に亡くしていて、小学校に通わず、親戚の家で奉公していたようだ。苦労してきたからこそ、他人の苦労を見て見ぬふりはできなかったのだろう。

母が二十歳で長女を産んだ時、ちゃあちゃんは三十五歳だった。昭和を生きた女性二人が手を取り合って生きた姿を思うと胸熱だ。

言葉どおり、命懸けで生きていたのだろう。ちゃあちゃんがいなければ、母は自ら命を絶っていたかもしれない。

わたしが働き出した頃のこと、母と二人で四谷にあるイタリアンでランチをしたことがあった。

その時、わたしはすでに小説を書いては新人賞に投稿しており、母のこともあれこれと取材みたいに聞くようになっていた。母にしても、大人になったわたしに、いまだから話せるとばかりにいろんなことを語ってくれた。

新興宗教を何カ所も入信していた時の気持ちも尋ねた。いったい何がしたかったのか。


「お母さん、ギリギリやったんやわ。あなたを産んでまもない頃やから、三十歳やったかな。女の子四人も産んだのに、どうして認めてもらえないんか。なんでこんな苦しい気持ちにならんとあかんのか、わからなくなったんよ。

なにくそ、男の子に負けない女の子に育ててやる！　って思うんやけど、ちょっとしたことで張り詰めた糸が切れてしまいそうな感じよ……で、ある時、気づいたら高いビルの屋上にいたんやわ」

小さい子供がいるのだから、死ねないとわかっている。

ただ、生きる意味を見いだせない。

どうして自分がこの世に生を受けたのか。

いま自分の身に起こっていることの理由や、この世の真理のようなものを、誰かに教えてもらいたかった。

こうして、教祖探しの旅がはじまった。

「けっきょくどの人も、お母さんが知りたいこと、教えてはくれへんかったけど、まあ、ええ勉強になったわ」

母はあっけらかんと言った。ずいぶんと高い勉強代である。

とにかく、ちゃあちゃんがいてくれたことで、母は踏みとどまれたのだろうと思う。

わたしが生まれた時、わたしを産院から連れて帰ってきた母は、ちゃあちゃんのうちに直行し、わたしを置いて隣の自宅に戻った。

久しぶりの新生児を、ちゃあちゃん一家は大歓迎したという。とくにいとちゃんはまだ高校生だったにもかかわらず「あたしのこと、ママって呼ばせる！」というほど子供好きで、おむつを替えるのも沐浴も上手にこなした。そんな様子を見ていた母は、こう思ったそうな。

「ここで暮らしたほうが、この子は幸せやわ」

わたしは母のこの選択が心から理解できない。わたしなら、やはり自分の子供は自分の手で育てたいと思うから。

でも、結果から言うと、わたしはちゃあちゃんの家で育つことになる。高校の寮に入るまで、ちゃあちゃんの家で暮らした。

いとちゃんは目論見どおりわたしに「ママ」と呼ばせることに成功し、中学生になる頃まで十六歳しか離れていないその人を、わたしは「ママ」と呼んでいた。入学式や卒業式、運動会といった行事もちゃあちゃんかいとちゃんが出席してくれた。

わたしの幼少期はとても幸せだった。理解はできないが、母の選択は正しかったということだ。


月日が経ち、わたしが幼稚園に入ったくらいの頃だろうか、母はエステティックサロンの経営をはじめた。好景気に向かう時代の潮流もあり、金銭感覚がおかしい母でも、会社の経営を軌道に乗せることができたのだろう。次第に忙しくなり、ちゃあちゃんに給与を払って、家の掃除や食事の用意をお願いするようになっていた。なので、ちゃあちゃんの食卓で、わたしは両親とも顔を合わせていたわけだが、楽しく会話をした記憶があまりない。

躾《しつけ》に厳しかった母は、わたしの姿勢の悪さやお箸の使い方をよく指摘するので、一緒にご飯を食べるのがいやでもあった。

父は酔うと「愛してんでー」と言って暑苦しく絡んでくるので、まだ「お父さん」と思えたが、子供の頃のわたしにとって、さっぱりとした母はただただ取っ付きにくい存在でしかなかった。

ただ、一つだけ母がお母さんらしい姿を見せる時があった。月に一度、給食費を提出しなくてはならない朝だ。

深夜の二時に市場へ仕事に行く父を送り出すので、わたしの登校時間には母はいつもベッドで寝ていた。給食費の集金袋を持ってお金をもらいにいくと、母はかならず自分の布団をめくって、「えいちゃん、こっちにおいで」とわたしを呼んで寝かせるのだ。

それはものの一分もない短い時間だったが、わたしには苦行のひとときだった。わたしが体をこわばらせているのをわかっていたのだろう、「もうええよ」と言って解放してくれた。

その時の母の気持ちを想像すると、やっぱり寂しかったのかなと思う。自分から手放したとはいえ、実の子がこれほどまでに懐かないのだから。

母に振り回された子供時代

わたしと母の接点は「学校」だった。

教育は財産だとよく言っていた母は、四人の娘の進路についてそれはそれは熱心に調べており、ここでもかなりの金額を費やしてくれたに違いない。私が高校三年の頃は家が大変だったというのに、大学まで出していただいたことには、両親に感謝してもしきれない。

母には男子を望んだ祖父を見返してやりたいという気持ちもあったようだ。それにわたしの邪推にすぎないかもしれないが、新興宗教への傾倒だって、もしかすると祖父への当てつけだったかもしれない。祖父が築いたものを全部台無しにしてやる。顕在意識ではなくとも、潜在意識レベルで考えていたように思わなくもなかった。

子育てには向いていない母だったが、子供たちの進路への情熱は持っていたので、塾のことや受験する学校のことについて母と話をする機会は多かった。とはいえ、わたしの意見や感想を聞いてくれるのではない。母が思うことを一方的に話す。それをわたしが聞く。以上。

わたしもいやならいやともう少し言えばよかったのに、どうして反抗せずに言うことを聞いていたのだろうか。と、思わないでもないのだが、歯向かったところで太刀打ちできない、強烈な押しの強さが母にはあった。

そんなものだから、わたしはさんざん母に振り回されることになった。

小学校六年生の二学期のこと。何の予告もなく母は学校にやって来た。そして三日後に転校する届けを提出し、わたしがいるクラスへやって来た。

事情が飲み込めない担任の先生は涙目で、わたしに言った。

「尾崎！　そういうことは早めに教えておいてくれんと！」

わたしこそ何の話なのかわからないでいると、担任の先生が廊下側の窓を開けた。

たまたま廊下側の席に座っていたわたしが横を向くと、そこに母がいた。にこにこ微笑んで、ひらひらと手を振っている。上はオレンジ、下はグリーン。ひっくり返ったニンジンみたいなかっこうで。

「えいちゃん、転校するからね♡」

寝耳に水とはこのことだ。

母が言うには、こうだった。

知る人ぞ知るすっばらしい塾が神戸にあり、運がいいことに六年生のクラスで空きが出た。

これを逃してはならないと、転塾することにし、すでに手続き済みである。堺から神戸まで通うのはたいへんだから（小学生の足で、電車で二時間ちょっとかかる）、その塾から歩いていけるところに部屋を借りたほうがいいだろうと思いたち、物件を探すと、ラッキーなことにちょうど良さそうな部屋が見つかったので、こちらも契約してきた。

転校先にも連絡済みである。

三日後からその部屋で暮らせるようにしたい。

こういう人権を無視したような判断を、母はさらりとぶっ込んでくる。あたかもすべてが天の采配のもとに動いているのだと思わせるような言葉選びで、拒むことが許されない押しの強さで。いまで言うところの、サイコみが満載である。

何の相談もなく転校というのはあまりにも酷すぎる。母の押しの強さにあがって「そんなんいややや」と言ってみたが、まさに無駄な抵抗だった。

「何言ってんの！　あんたはまだわからないかもしれへんけど、なかなかこんなすっぱらしいチャンスないのよ！　ほんまに、えいちゃん、めちゃくちゃラッキーなんだから！」

有無を言わさぬポジティブさでねじ伏せられた。

翌々日のホームルームは急遽わたしのお別れ会となった。何人かの友達は泣いてくれて、わたしも泣いた。クラス全員がメッセージを書いてくれた色紙をくれて、個別にカメオっぽいブローチやいい匂いのする消しゴムなどもプレゼントしてくれた。

そして母が予定したとおり、転校を言い渡された三日後に、わたしは六甲にある小学校で転校生として紹介された。

制服のあった小学校から、私服の小学校に。体操着はブルマだったのが、新しい学校ではハーフパンツ。給食の時には自前のランチョンマットが必要だ。

いろんなことが目まぐるしく変わった。

音楽の授業では、卒業式に歌う歌の練習をしていて、全然知らないこの学校で卒業することの不思議さを感じた。

「お母さんが毎日通うから、心配いらないわよ!!」

自信満々に言っていた母だったが、数日も続かなかった。あまりよく覚えていないが、たぶん一週間ほどだったか。

いまで言うなら多動症と診断されるであろう母だったから、凄まじく忙しくて、ぜったいに神戸と堺を行き来するなんて無理だと小六のわたしでも予想できていたものの、予想以上に早い脱落だった。

そこで投入されたのが、当時、医学部の受験で浪人していたようこ姉だった。強制的に来させられ（ようこちゃん、浪人中やねんから時間あるでしょう！神戸で勉強したらええやない！という感じで言われたのだろう）、当たり前だが、ようこ姉は母の暴挙に怒り狂っていた。とはいえ、妹を一人にするわけにもいかない。

姉との殺伐とした生活がはじまった。姉は朝食を作りながら、母の暴君さを思い出したように怒って泣くこともあったほどだ。やばい空気が2ＬＤＫに充満していた。これ以上姉に迷惑をかけられない。朝は目覚まし時計をかけて起きて、塾に持っていくお弁当は自分で作った。なんていたいけなんでしょう。

予想どおり、母はほとんどこちらに来ることがなかった。

そのうち、いとちゃんが仕事をやめて時間ができたというので、こちらに住んでくれることになり、ようこ姉も解放され、わたしも心の底から安堵したものだ。

一時が万事、母は思いついたら吉日で自分が正しいと思ったことに突き進んでいく。従属するしかなかった子供の頃のわたしは、振り回されて、いつもへとへとだった。

この後もわたしは、中学校は淡路島の学校に行くことになったり、その後にはドイツにある日本の学校に行くことになったり、まあまあアンコントロールな日々を過ごすことになるのだが、それについてはまたどこかで。

わたしの生い立ちを話すと、母のことをいわゆる「毒母」だと思われることがある。毒母かぁ。そうなんかもしれへんなー、と思う。

ただわたしにおいては、記憶にあるかぎり、母から否定をされたことはほとんどなかった。姉たちからは、いやいやいや!! と反論が飛んでくるかもしれない。姉たちは姉たちで、それぞれ母の暴挙の被害を受けているからだ。

末っ子で、しかも里子に出したような特殊なポジションだったから、母はわたしに甘かったのだと思われる。

接触する時間が少ないゆえ、「よく知らない子」でもあり、姿勢や箸や鉛筆の持ち方以外に怒ることもなかったのだろう。四人目の子供だからフレキシブルになりすぎて容赦なく振り回しまくるも、わたしを「ダメな子」として扱うことはなかった。

だが客観的に見て、わたしはけっこうダメなところの多い子供だったと思うのだ。そういう状況下だから、自分の人生は自分がどうこうできるものではないという気持ちがつねにあり、慢性的にぼんやりしていた。あらゆることにおいて、ちょっと諦めていたのかもしれない。勉強にも積極的に取り組めなかったし、宿題もしなかった。

当時の関西の塾はスパルタ全盛期。わたしが通っていたところもスパルタで、なおかつアウトローっぽいこわもての先生が集まっており、宿題をしないと当時の塾でよく使われていた通称『応用自在』という分厚い問題集で頭を叩かれたりしたのだが、それでも頑なにしようとしなかった。

小六の中学受験間際の塾の保護者会で、わたしの成績を見せられた母は心から驚いていた。

「えいちゃん、びっくりするくらい成績が上がらんのね!!」

転校して部屋まで借りてあげて、(母的に)一流の塾に通わせているのに、なんで⁉ と素朴に驚いているようだった。

「でもね、お母さんは聞き逃さなかったわよ! 先生はこう言いはったわ。宿題はしてこないわ、当然成績も伸びてない。でも、ポテンシャルは高そうやねんけど……そう言ったからね。お母さんもそう思うわ! えいちゃん、ポテンシャルは高いんよ! だってね、あんたの四柱推命の命式を見たら、そうやもん。ちょっと遅咲きなんよね」

母はいつものように早口で捲し立てた。

「お母さん、ポテンシャルって何?」

褒められているのかけなされているのかよくわからないまま、わたしは訊いた。『ポテンシャル』という言葉の意味を知ったのは、この時だった。

いまでも『ポテンシャル』という言葉を使う時に、ふと、この時の母とのやりとりを思い出し、一人でクスッと笑う。

「ポテンシャルは高そう」なんて、褒めるところのない子供の親にたいして、苦し紛れに言う常套句だろう。それを真に受けたのか何なのか、（こっちとしては迷惑なほど）熱心に教育にお金をかけているのに、宿題もしない、成績も上がらない子供に、あの切り口で褒める（？）のはなかなかどうして、できないことだと思う。

自分が二人の息子を持つ親となってみて思うけれど、子供にたいして「どうしてできないの！」と言ってしまうことがなくはない。反射神経のように、口から出てしまうことがある。できたことよりも、できなかったほうばかり見てしまったり、無自覚に、子供のことを「ダメな子」として扱ってしまったりすることもある。

気づくたびに自戒するが、こちらもまだ未熟なものでうっかり繰り返す。

その点において、母はわたしよりもよくできた母親だったなと思うのだ。四人目ともなれば、親としての作法が多少身についていたのだろうか。知らんけど。

そういうわけで、教育虐待なみにひどく振り回されてきたというのに、わたしは意外と傷ついてはいないのだ。

「ほら、イタリアの音楽よ」

東京から駆けつけたあきこ姉により、母が京都のサ高住へ移り住むための荷造りが手際よくできたようだ。

父は人工透析をしているので、その受け入れ先が決まってからでないと動けない。ひとまず母だけ先に、あきこ姉の付き添いで移動ということになった。

両親が入居するサ高住は、京都の繁華街にあった。周辺にはおいしそうなレストランやカフェも多く、わたしが住みたいような立地だった。

一階に受付があり、そこにスタッフが常駐している。食事は食堂で毎食提供され、ほかに部屋の簡単な掃除、毎日の検温と酸素量の測定、生活や健康の相談などにも応じてくれる。

スタッフはみなさん親切だった。中でも、ベテランの介護士さんがいて、この人ならわがままな父を任せられると姉は思ったという。

母が亡くなることを見越して、一人用の部屋を申し込んだ。設置されている介護ベッドを母が使い、その下に自宅から持参したマットレスを敷いて父に寝てもらうことにする。

あきこ姉が準備している間、母は実家のリビングでずっとうずくまっていたようだ。痛みが強くなっていたのだろう。ちゃあちゃんの息子さんが帰宅すると、すぐに母を車に乗せて京都に向かった。

あきこ姉がいうには、この時の母は視点が定まっていない状態だった。それでも時々正気に戻るような時があって、短い会話を交わした。

あきちゃん、と母が姉を呼んだ。

母は宙を見ていた。

「この音楽聞こえない？　ほら、イタリアの音楽よ」

無音の車内で、そんな音楽は流れていなかった。

「イタリアの音楽？　聞こえないけど」

「きれいな曲やね」

痛みに悶えていた母が、この瞬間だけ、どことなく幸せそうな表情を見せた。母の頭の中には、イタリアの音楽……カンツォーネのようなものが流れているのかな。そう想像して、姉は不思議な気持ちになった。

無事にサ高住に到着すると、ようこ姉が待ち構えていた。母の痛みを取るべく「お母さん、クリニックの先生がくれた薬はどこ？」と訊いたところ、「ない」と言う。

ないってどういうこと⁈

しかし母の荷物を探しても出てくるのは大量の市販の鎮痛剤、ビタミン剤、湿布ばかりだった。

なんと、母はクリニックの医師が処方してくれた『ワントラム』という準麻薬の痛み止めを持ってきていない……というか、処方箋を薬局に持っていって処箋してもらってもいなかったことがわかった。

そりゃ、痛いはずだ。

がんによる痛みレベルがマックスに近かったはずなのに市販の鎮痛剤とビタミン剤と湿布でやり過ごしていたのだから、悶絶するに決まっている。

処方された薬を使うとがんに負けるとでも思ったのだろうか。

脳転移には幻聴や幻覚を伴うことがあるようなので、母が聴いた音楽もそれなのかもしれない。どういうメカニズムがあるのかわからないけれど、強烈な痛みを和らげるために生まれた幻聴だったのか。

そうだとしたら、人間の体はなんと賢く、優しくできているのだろう。

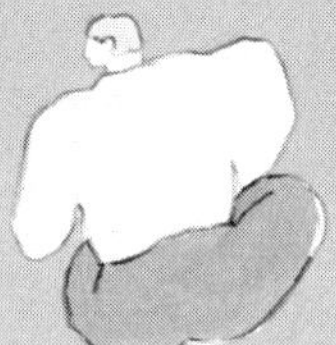

第三章
父と母、離婚し再婚し

その日まで一三九日

「すっぱらしい乳酸菌があるんよ！」

　ところで、年始にあきこ姉から母の病気を聞いて、けっきょくわたしが両親に会いに実家に行けたのは子供たちが春休みに入ってからだった。四月一日。お土産に551の豚まんを持って。

「おかえりなさい」

　玄関先に出てきた母は、拍子抜けするほど顔色も良くてはつらつとしていた。派手な柄のスパッツの上に大きめの長袖Tシャツを合わせ、頭にボーダー柄のニット帽をかぶっていた。

「お母さん、元気そうやね」

「そうよ、めちゃくちゃ元気よ！」

「お肌もつるつるしてるやん」

「そうでしょう！　すっばらしい乳酸菌があるんよ！」

わたしがトレンチコートを脱ぐより先に、キッチンカウンターに置かれていた大きめのプロテインの缶みたいなものをわたしに見せる。

「これが乳酸菌なん？」

「けっきょく腸が重要なんやってね。これを飲んでいたらどんな病気も治るんだって」

出たー。

代替療法にハマっているとは姉たちから聞いていたので、心は乱されない。

「へえ、そんなすごいんやね」

わたしが興味を示すと、母は嬉々としてその良さについて語った。一缶三万円ほどで内心では、高っ！　と眉を顰《ひそ》めたくなったが、いやいや、これで少なくとも母の心が救われるのならいいじゃないかと思えた。

姪の留学費用の一件で喧嘩してから会うのは、この時がはじめてだというのに、わたしと母は何事もなかったように会話をした。

いつもこんな感じなのだ。母が問題を起こして一時的に険悪になっても、何かをきっかけに会うことになり、会ってみれば仲良くしてしまう。

これもあまり理解してもらえないかもしれない。わたしも母も、たぶん姉たちもいやなことを忘れるたちなのだろう。そういう血なのか。甘いのかもしれない。

でも、ステージ4の母にきつく当たることは、わたしにはできなかった。

母はリビングの掘りごたつでわたしの息子たちと話をはじめた。

まだ三歳だった次男がお気に入りの変顔を見せると、「うわ、おばけや」と母は手を叩いて笑った。そして、工作好きな長男のために百均で買ってきたという折り紙やスケッチブックやカラーペンを持ってきて、こたつの上に広げてくれた。

母は息子たちには、ただ優しいだけのおばあちゃんだった。姿勢や鉛筆の持ち方も注意しない。いつも笑顔のおばあちゃん。

楽しそうに息子たちと遊んでいる母に、わたしはスマホを向けていた。数回だけ受けた化学療法をやめてしまったので、一度脱毛した髪はふたたび生えはじめており、白髪混じりのベリーショートみたいになっていてそれがとても似合っていたのだが、わたしが写真や動画を撮っていると気づくと、

「あんた、こんな髪の毛やのに撮ったらあかんやないの」

笑顔でそう言いながら、いったん脱いでいたニット帽をかぶった。

「全然、似合っているからええのに」

動画の中で、わたしはニヤニヤした声でそう言っている。

この日はようこ姉とあきこ姉も実家に来て、父も嬉しそうだった。病気が発覚して、母は父とたつこ姉に口止めしていた。このことはしばらくほかの娘たちやちゃあちゃんにも言わないように。近々留学する孫、たつこ姉の娘にも言わないまま見送りたいと。

そう言われたら従うしかないが、きっと気が重かったことだろう。とくに隠し事ができないたちの父が口をつぐんでいたのは、父としても軽はずみなことを言えないとわかっていたからだろう。

母の気持ちを尊重したい。一方でこんな重大な局面を娘たちと共有できないことの不安と、隠していることにたいする良心の呵責が膨らんでいったはずだ。

お正月にあきこ姉に母の病気を打ち明けたのは、父のうっかりではなく、もう隠しておくのが限界だと判断してのことだったのだろう。

「お父さんも不安やったね。いまも心配やろうけど」

母がいないところでそう言うと、ほんまやで、と父は神妙に眉間に深い皺を寄せた。

「よしこがおらんようになったら、俺はどないしたらええねん。あいつは何を考えてんか知らんけど、医者の言う治療もやめてまうしやで、どうしようもないで」

母と違って現実的な父は、すっぱらしい乳酸菌が肌をつるつるにしてくれることがあっても、がんを消すことはないとわかっている。そのうえで、自分の妻を説得できないこともわかっていた。

父にしても母に介護を期待し、見送ってもらうことを想定していたはずで、いろんな意味で絶望しているのだろう。

不渡りと借金取り

父は純粋に母のことを愛しているようだった。

これが四姉妹にとっての最大のミステリーと言ってもいい。

新興宗教へのお布施、経営していた会社の不渡りを出して倒産させた後の借金の返済。合計するのも恐ろしい金額だ。祖父から受け継いだ不動産を売却するなどして、父は母の尻拭いをしている。

これだけでも二度と顔を見たくなくなるほどの被害だが、父が母から受けた仕打ちはこんなものじゃない。

母が不渡りを出した直後、道連れで父の会社まで倒産させてはならないと考え、父は一時的に離婚することを母に提案し、母も承諾した。こうして両親は離婚した。

そして、母は車に身の回りの物や寝具などを積んで家を出ていった。家を出る際に、母はたつこ姉に言った。

「たっちゃん、これからお母さんはしばらくいなくなるから。すべて経験だと受け止めてちょうだい!!」

その言葉の意味を理解したのは、翌日だった。

外にいたたつこ姉のもとに、ちゃあちゃんから電話が入る。

いかにも柄の悪そうな男性たちが、勝手に尾崎家の門の中に入って玄関ドアをドンドンッと叩いている。借りた金を返せと、近所に聞こえる大声で叫んでいると。

当時、実家で暮らしていたたつこ姉とあきこ姉は、ちゃあちゃんの娘さんがたまたま海外旅行中だったので、そこに身を潜めることになった。

すべて経験だと受け止めてって、こういうことかい!

ちなみにこの時、わたしは横浜にいた。高校三年になったばかりの四月だった。わたしは父の会社が欧州にも拠点を置いて事業を広げていたことで、日本の学校のドイツ校に入学してドイツで寮生活をしていたのだが、受験の準備のために横浜にある本校に移らなくてはならなかった。母が見つけてきた市ヶ尾駅から程近い下宿屋での生活をはじめていたのだ。

たつこ姉から電話をもらった。

「そういうわけで、お父さんとお母さん、離婚したから！　で、お母さんの借金のことで取り立ての人らが来て、ほんまに大変！　怖いんやね、ヤクザって！　しばらく家に帰られへんし、連絡取りたかったらちゃあちゃんに電話してちょうだい！」

詳細を聞けないほど早口に報告され、わたしは気圧されながら、うん、わかった……と頷くしかなかった。

春休みにドイツの寮を出て実家に戻った時、すでに父と母の間には不穏な空気が流れていて、理由を聞くことなどできなかったが、また何か起こったのだろうと察していた。とはいえ、離婚とかヤクザの取り立てとか、あまりにも非現実的なことだった。

わたしはわたしで、この時に思春期らしい悩みを抱えていた。

わたしが下宿していたのは、通っていた学校の生徒を対象として部屋を貸しているご家庭だった。母屋の隣に作ったプレハブの部屋でわたしは生活し、夜ご飯だけ母屋のご家庭でいただいていた。とても親切にしていただいたのだが、我が家とは対極にあるまっとうなそのご家庭が、わたしにはあまり居心地がよくなかった。わたしの部屋にテレビを置くことは禁止されていたのは受験生なのでしょうがないと思えたものの、友達と長電話していると隣の母屋の部屋で咳払いされるのは、聞き耳を立てられているようで、たまらなくいやだった。

ある時、わたしが不在の時に部屋を見られているような気配を感じて、名探偵コナンばりに閉めた戸に細い糸を挟ませておくと、帰宅したらその糸が床に落ちていた。

不在時に勝手に部屋に入られているとわかり、心から嫌気がさした。

高校時代は事細かく日記を書いていたのだが、おそらくそれも読まれていただろうと思う。なんとかしてここから離れられないかと考える日々だったが、家族に相談できそうになかった。

進路のことも決めかねていたが、それも一人で考えなくてはならない。

深刻になりすぎないように心がけていたつもりだったが、ある時から、毎晩八時くらいになると異常な胃の痛みを感じるようになった。日に日に痛みが強くなるので病院を受診すると、十二指腸潰瘍になっていた。

けっきょく、父は借金取りとまっこうから対峙し、話をつけた。借金取りはそれから二度と我が家に来なくなり、ふたたび姉たちは自宅に戻ることができた。

ただ、母は家に戻ってこなかった。

罵る祖父、謝る母

合わせる顔がないというのを理由に、母は父と会うことを拒んだ。借金の額からしてもずいぶんと勝手な理由である。

「お母さんとは連絡がつかない、行方不明になった、ってことにしてちょうだい」

わたしたちは驚きおののいたが、けっきょく母の希望どおり、父にそう伝えていた。

父にしてみればたまらなかっただろう。

ただ父を憐れむ気持ちはあったものの、わたしたち姉妹（ようこ姉は両親にブチギレで実家と関わらないスタンスをとっていたが）は母の味方についたのだった。

なぜなのか。姉たちがどう考えていたのかはわからないが、わたしはどこかで父を許せなかったから。祖父から母が罵倒されてきた姿を見ていて、母を助けてあげられなかった父を非難する気持ちがなくもなかったのだ。

父の父親、つまりわたしの祖父にあたる人は、激動の時代に会社を大きくして成功させただけあり、胆力のある人間だった。仕事仲間から母の噂を聞いて会いに行き、自分の息子の伴侶にしようとなかば強引にセッティングしたのも祖父だった。

当時、父は二十二歳でジュディ・オングによく似た美人な彼女がいたらしいのだが、

「おやっさんにそんなもんとさっさと別れて、こっちと見合いせい！　と言われてやな」

そして母と会ったという。

そういうわけで父としてはあまり母との縁談に乗り気でなかったようだが、結果的に自分の父親に押し切られる形で母と結婚した。

祖父がお見合いを成立させたくらいなのに、いざ嫁にしてみたら意外と勝気だったのが気に入らなかったのか、祖父は母への当たりがとても厳しかった。祖父が母を罵倒する光景は、日常的なものだった。

中学三年の時にわたしは家庭教師をつけてもらい、実家の一階にあった応接間で勉強を教わっていたのだが、運悪く、その曜日のその時間帯にかぎって、祖父はよく我が家に押しかけた。

襖《ふすま》一枚向こうの居間から母の泣き叫ぶ声が聞こえてきた。

「お義父さん、ごめんなさい！　もうやめてください！」

「お前はいつもそう言うけど、まったく反省せんやろう！」

いまでいうＤＶだ。

心から恥ずかしかった。恥ずかしいから、何も聞こえないふりをして問題を解き続けた。何も聞こえていないふりを、家庭教師の先生も決め込んでくれた。

ある時、襖の向こうの母が、

「お義父さん！　ちょっと待っててください！」

と、罵る祖父を遮ったことがあり、どうしたのかと思っていたら、母が胡麻団子とお茶をこちらに出しにやって来て、向こうに戻ったらまた怒号が再開、というようなこともあった。

シュールな時間だった。

阪大の院生だったB先生、ほんまにすみませんでした。あんな気まずい中でのご指導、さぞやメンドーやったと思う。

祖父が怒り散らしている時に父はというと、そばにいながら何も言えないでいた。この場で唯一母をかばってあげられるのは、父しかいないのに。父にとって父親は絶対的な存在だった。筋金入りのファザコンだ。

「おやっさん、それくらいにしといたれや」

と言うくらいが関の山だった、わたしの知る限り。

なので、卑怯なやり方ではあるが、母のあの家から逃げたいと思う気持ちが理解できないこともなかったのだ。

蓼食う虫も好き好き

離婚から数年経って、父は同窓会で再会した高校の同級生と再婚し、十年ほど夫婦となったが、うまくいかなかった。父は母に帰ってきてほしいと望んでいたからだろう。

糖尿病の父を思って塩分ひかえめの手料理を作ってくれる人よりも、美味しいレストランを見つけてきたりスパイスを多用した創作料理を作る母のほうがよかった。慎ましく近場の温泉に旅行したい人より、サイババに会いにいこうとインドに連れていってくれる母のほうがよかったのだ。

蓼食う虫も好き好き。

There's no accounting for tastes.

折に触れて、父は何度もわたしたちに問いただした。よしこの居場所を知らないのかと。

最初こそ蒸発したと信じ切っていた父だったが、娘たちの様子を見て、娘たちは母親とコンタクトを取っているのだとさすがに勘づいていたようだ。

お父さんが会いたがっているのだがどうだろうと打診するも、母は頑なに拒んでいた。父には適当な嘘をついてごまかし続けた。

そんなことを繰り返していたが、十七年ほどが経ったある時に、急展開が起こった。

「そろそろお父さんに会ってもいいんじゃないの」

たつこ姉が母に言った。どうせいつものように断られると思いきや、

「そうやね。そろそろ会ってもいいんかもしれへんね」

と、母は言った。

どういう心境の変化があったのかは、いまとなっては知るよしもない。母も歳をとってきて、心細くなっていたとか、そんなところだろうか。

母の気が変わらないうちに、四姉妹でその席をセッティングした。十七年ぶりに叶った父と母の再会は、とても穏やかなものだった。

母がごく小さな声で謝り頭を下げた時に、お互いの目がうるんだように見えたが、その後はごく普通に淡々と会話した。

それをきっかけに、年に一、二回娘を交えて会うようになり、三年後に尾崎家とちゃあちゃん家で開いた父の古希のお祝いの場にも母を呼んだ。

非礼きわまりなく消息をたった母を、ちゃあちゃん家のみなさんは涙ながらに迎えてくれて、それには母もたいへんありがたいことだと感じ入っていた。

ほどなくして、母は我が家に足を踏み入れる。

その場にいたたつこ姉から聞いた話によると、父の再婚相手がリフォームしたので間取りやインテリアがすっかり変わった我が家の一階を見て回り、「使いやすそうになっていいわね」と母は楽しげに見学していたという。

母が来ることがわかっていながら、気恥ずかしいのかジムに行っていた父が帰ってくると、

「来てるんか?」

と、たつこ姉に訊いた。

「来てるよ。お母さーん、お父さんが帰ってきたよ」

たつこ姉が二階にいる母に声をかけると「はーい」と明るい声が返ってきて、一階に下りてきた母が「おかえりなさい」と父に言ったという。昨日も一昨日もそうしていたかのように。

たつこ姉は電話でわたしに言った。

「時間と空間がぐにゃって歪んだ感じっていうんかな、二十年前と現在がくっついて何事もなく流れはじめたみたいな感じやったよ。それからしばらく何ていうことのない話をしていたんやけど、お父さんが掃除機の調子が悪いらしいわってお母さんに言って、じゃあ買いに行こうかってことになって、二人で出かけたわ。あの感じだと再婚するかもね」

姉の予言どおり、父と母はふたたび夫婦となった。

両親が再婚するまでのことを、わたしは当時契約していたエージェントのサイトでエッセイにして書いていたので、詳細を思い出すことができたのだが、それを書く時に母に承諾してもらえるか訊いていた。

「お父さんとお母さんが再婚したことをエッセイに書こうと思うんやけど、いいかな？」

やめてよ、そんなん書かんでええわ、と言われるかなと予想しながら訊いたのだが「ええわよ、どうぞ」とあっさり返ってきた。

「ほんまに？　書いたらあかんことある？」

「ないわよ。こんなこと、なんてことでもないんやし。好きに書きなさい」

そう言ってもらえてありがたかったが、「なんてことでもないんやし」ってことはないやろう、と内心でツッコミを入れた。

一度離婚した夫婦がよりを戻すことなんてよくあることだし、そういう意味ではたいしたことがないだろうけど、あなた、各所にめちゃくちゃ迷惑をおかけしてきていますからね、そういうところやで、と思う娘なのだった。

その日まで十一日

第四章
母、危篤……からのこと

「お母さん、もう見えへんわ」

八月六日。

京都での父の人工透析の受け入れ先が決まり、父が母のいるサ高住に入所することになり、わたしは堺の実家に向かった。

朝五時に起きて、六時台の新幹線に乗る。日曜日だったので、夫に子供たちを任せて動くことができた。

新大阪駅から路線カラーが赤色の御堂筋線に乗り換えてなんば駅で降り、南海電鉄に乗り換えて地元の駅に向かい、到着したのは十時前。

父はわたしが来て嬉しそうだった。ここ数日、母と離れ離れになり一人きりだったので不安だったのだろう。

十一時ごろにようこ姉が京都から車で迎えに来てくれることになっているので、それまでに父の荷造りをしなくてはならない。

服はとりあえず夏物だけでいいだろう。

外にでかける時の上着とズボンを一週間分くらいか、部屋着は三着でいいかな、下着と靴下は箪笥からざっくりと束で掴んだ分だけ。

父は謎のこだわりで赤いタオルしか使わないため、家にストックされている大量の赤いタオルを十枚ほど持っていくことにする。あとは洗面道具など細々したもの。

段ボール箱がなく、これらを家にあるだけの紙袋に詰め込んでいくと八袋になった。

何より大事なのが、父が飲んでいる薬である。これが大量で、六つひきだしがついたカラーボックスに収納されており、それが三台もあった。

もちろんすべてを常用しているわけではなく、消毒液や絆創膏や湿布や痔の薬など、あらゆるものをしまっているものの、一人の人間の薬箱にしては膨大でとても選別できない。命に関わるものなので、三台そのまま持っていくことにした。

予定どおりにようこ姉が到着し、二人で荷物を詰め込んでいく。それほど大きい車ではないので、トランクはあっという間に埋まってしまう。父が助手席に乗るので、後部座席はわたしのスペース以外にも詰め込んだ。

この日、母は一緒に車に乗って父を迎えにいきたいと言ったようだ。看護師さんから「実家に行くのは難しいのではないでしょうか」とご意見をいただいたが、それでも母は「行く」と言い張った。だったら吐き気止めの坐薬を入れて連れていこうかとようこ姉が提案したら、母は坐薬はいやだと断固拒否するので、けっきょく連れてこなかった。

「連れてこなくて正解やったわ。この荷物やし」

「ほんまやね」

そんなやりとりをした時には、この後に劇的な展開が待っていようとは思いもしなかった。

本当に母を連れてこなくてよかったと思い知らされるのだ。

車内では、母が亡くなった後のことについて話し合う。

「おばあちゃんが亡くなった時に、お父さん、お酒飲んでメソメソ泣き続けて、ほんまにグダグダやったやろう。たぶんお母さんの葬儀でもそうなると思うんよ」

ようこ姉はハンドルを握りながら淡々と言う。

「グダグダってなんじぇ」

異議ありとばかりの父だ。

「はあ？　そうやったやん、覚えてへんの？　お父さん、喪主のくせになんもせんくて、あたしらが全部やったの、覚えてへんの？」

しっかり者で物言いもはっきりとしていて、何よりも両親への不信感を四姉妹の中でもっとも強く持つようこ姉は、父に有無を言わさないとばかりに責める。すると、父はだんまり。何を言い返しても負けることはわかっている。

「ってことで、ようこは家族葬を提案しまーす」
「家族葬って、近親者だけで執り行うもの？」
「そうそう。で、どこかのホールを借りるっていうんやなく、堺の自宅かうちの家でやってはどうかと思うんよ。それだとお父さんが酔っ払ってメソメソ泣いたら、隣の部屋に行かせるとか、いろいろ対応できると思うんやわ」

たしかに、家のほうが何かと楽そう。

祖母だけではなく、社葬をした祖父の葬儀だって、父は喪主なのにメソメソしていただけで、稼働したのは四姉妹だった。大きなメモリアルホールで寝ずの番をしたり、大変だったことを覚えているので、自宅でコンパクトにできるならそうしたい。

「堺とようこちゃんのおうち、どっちがいいんかな」

「移動のことを考えたらうちやけどな。でもまあ、できたら、お母さん本人に希望を訊けたらいいと思うわ。それと、お墓のことも。どこのお墓に入りたいのかも訊けたら訊きたい。訊きにくいことやけどな、大事なことやから」

「そんなもん訊かんでも、尾崎の墓に入れたったらええやろう」

「あんなに揉めに揉めた義理の父母がいる墓に入りたいっていうかわからんで」


こう言われると、また父は黙る。


そんな話をしながら、渋滞にも巻き込まれることなく、十三時前に京都のサ高住に到着した。

父と母の部屋は六階だった。まだオープンして半年ほどのサ高住なので、清潔できれいでほっとする。住み慣れた我が家を離れて、母が永眠する場所がみすぼらしかったら自分たちの決断が揺らいだことだろうから。

「お母さん、来たよ。えいこ、わかる?」

わたしはできるだけ明るく声をかけた。

ベッドに横たわる母は穏やかに微笑んでいた。

脳転移の影響で認知機能が低下しているようで視点が少し定まっていない。それでもわたしのことはわかったし、父が来たことを喜んだ。

電話では話していたものの、母と会うのは四月一日以来だった。いつも声が元気そうだったので、つい忙しさを理由に会いに行けないでいた。もう少し頻繁に帰ればよかったと、母に会ってみて悔やまれた。

父の荷物の整理を終えた後、わたしは母にシンガポールで買ったお土産を渡した。アラブストリートの雑貨屋で買った、トルコではお守りとしてしられる青い目玉、ナザールボンジュウがついたブレスレットと、オレンジのストールだ。

「シンガポールに行ってきて、お母さんにもお土産を買ってきたん」

横たわっている母にブレスレットとストールを見せたが、母は微笑みを浮かべたままで、反応が鈍い。

「ああ、そう」

「お母さん、見えてる？」

「見えへん」

そう言うので、母の目にブレスレットを近づけてみた。

「これ、見える？」

「お母さん、もう見えへんわ」

母はニコニコしながら答える。

「そっかそっか」

わたしは軽く返した。

「きれいなん？」

「きれいやで。お母さんに似合うと思うわ」

ストールを母の胸元にかけて、ブレスレットを母の白い手首につけてあげた。

そうか。

わたしが誰なのかはわかっているようだけど、もうわたしの顔はほとんど見えていないのか。

そう思って、また寂しくなった。

「逝かせたりや!」

日帰りの予定だったので、十五時の新幹線に乗りたいと思っていた。一時間ほど滞在して、「そろそろ帰るわ」とわたしは一緒にいたようこ姉に言ってから、母にもお別れの挨拶をしようとした。

脳転移の後に、ようこ姉から家族を見送るうえでの大事な話をされていた。

最期の時に立ち会うのはとても難しいということ。

「だからこそ、毎回別れる時、これが最後になるかもしれへんと思ってお別れしてちょうだい。これまでの経験上、いつ旅立つかはご自身で決められているように思うんやわ。ずっとご家族がそばにいたのに、ちょっとシャワーを浴びていた間に一人で旅立たれる方もいるし、逆に家族みんなが揃った瞬間に逝かれる方もいる。

だから、たとえ最期に立ち会えなくても後悔することはないんよ。会えた時に、これが最後だと思ってお別れしておけばいいんよ」

そう聞いていたので、わたしはこれが最後になるかもしれないという気持ちで挨拶しようと思った。

「お母さん、わたしそろそろ帰るね」

母に顔を見せた瞬間だった。

母の口がひょっとこのように歪んだのだった。

「ちょっ！　お母さんが！」

そばにいたようこ姉が母の顔を見て、「麻痺や」と冷静に言った。

「ど、どういうことなん？」

「脳腫瘍のせいで麻痺が起きてるんやわ。ほら腕も、足のほうまで波及してきた。全身性の痙攣《けいれん》になった」

そう説明してくれるが、わたしはパニックだ。

「救急車を呼んだほうがいいんちゃうの？」

「なんでえな。ここで救急車を呼んだところで病院で亡くなるだけやで。痙攣がひどくなってるし、息も小さくなってきているね。このまま亡くなると思うから、お父さんを呼んできて」

その時一階でスタッフから説明を受けていた父を、わたしは急いで呼びに行き、部屋に連れてきた。

突然のことに慌てふためきながら、父は母のそばに駆け寄った。

「もう亡くなりそうだから、最後のお別れをして。耳は聞こえているから。

お母さん、大丈夫やからね。一人じゃないよ。みんな一緒にいるよ。心配しないで、そばにいるからね」

母の手を握りながら優しく話しかける姉を見て、わたしも言葉をかけようとすると、

「よしこ！　死ぬなよ！」

先に父が大声で叫んだ。

「なんでやねん！」

「逝かせたりや！」

わたしと姉は同時に父に言い返した。

「この状態で引き留めて何になるんよ！　肉体の苦しみを終わらせて人生の幕

を閉じていくことはなんら悪いことじゃないって話したよね？　お母さんもそれに大賛成やったよ！」

ようこ姉の説明を受けて、父も、まあそうか、と納得したようだった。

「お母さん！　いままでありがとう！　こっちは大丈夫やから心配せんでいいからね！」

声をかけながらわたしは泣いた。

父のサ高住入所のために来たのであり、まさか母の旅立ちに立ち会うことになるとは思っておらず、まだ心の準備ができていなかったが、とにかく悔いがないように気持ちを伝えようと必死だった。

「お母さんの唇が紫色に変わってきたね。舌が落ち込んで、下顎呼吸《かがくこきゅう》になったわ。下顎を上下させるこの呼吸は死を前にした生理的な呼吸やの」

さすが姉は冷静なもので、母の変化を説明してくれた。

母が急変してから十五分ほど、わたしたちは母に声をかけ続けた。

最後まで機能している器官は耳だと言われている。呼吸が止まってもしばらくは聞こえるらしい。

だから最後の最後まで、母が寂しくないように、話しかけようと思った。

思ったのだが……。

「あれ？　なんか落ち着いてきたかも」

ようこ姉は母の容態を見ながら言った。

「どういうことや？」

ひどく不安そうに、父は姉に訊いた。

「呼吸が安定してきたってこと。お母さん、このまま昏睡状態に入りそうやわ」

「それって、どれくらい続くの？」

わたしも混乱した。こっちは完全にお見送りモードで、大泣きしているのだから。

「今晩中かもしれないし、ここから一週間ほど眠り続けるかもしれへん。こればっかりはわからんのよ」

「お母さん、もう目を覚ますことはないの？」

「乳がんで脳転移して昏睡状態になった人が、意識を取り戻したというケースにはあったことがないわ。ほんま、今日お母さんを堺に連れていかんでよかった。どうなっていたことか」

「ほんまやな」

車中で急変していたら、さすがに主治医が運転している車とはいえ混乱に陥ったことだろう。

「あんなに悪口言ってもええの？」

こういう状態になったのだから、母の弟と妹にあたる叔父と叔母に連絡することにした。

母と叔父は長年うまが合わずほとんど連絡を取り合っていなかった。母と真逆の常識的でまっとうな叔母は母に散々迷惑をかけられ、距離をとっていた。そういうわけで二人とも母の病気のことはもちろん初耳で、しかも危篤だと伝えると驚き、すぐに駆けつけたいと言った。

大阪の高槻《たかつき》市に住んでいる叔母はすぐに来られるだろうが、四国に住んでいる叔父はあまりにも遠い。すぐに来ていただかなくても構わないとようこ姉は伝えたが、いや、何としてでも行く！　と言ってきかない。ではお待ちしております、となった。

今から準備して出かけたら、到着は二十二時をすぎるだろう。

日帰りのつもりだったが、帰るに帰れなくなったことを、わたしは夫に電話で話した。夫は息子たちを連れてそっちに行くと言ってくれたが、そこで姉が電話をかわり、母は昏睡状態なので来るに及ばずと説明してくれた。

八歳の長男はともかく、次男はまだ三歳だ。「いまのおばあちゃんに会わせたら怖がるかもしれんから」とも言われると、そうかもしれないと思う。わたしは叔父と叔母のことをようこ姉に任せることにした。そして、ひとまず母に別れの挨拶をし、東京に戻った。

この後、叔母は十八時ごろに到着し、叔母の呼びかけに母は少し反応したという。ようこ姉の夫である義兄と姪も駆けつけてくれた。

母の耳は聞こえているから、あまり気分を害することを言わないようにとようこ姉はみんなに注意したようだが、久しぶりに会った父と叔母はこれまで母にどれだけ煮え湯を飲まされてきたかを大いに語り合いはじめた。

「お母さん。おばあちゃん聞こえてるんやろ？　あんなに悪口言ってもええの？」

娘に聞かれて、姉は思わず苦笑したという。

一般的には死を間近にした人に恨みごとを言うのはよくないとされているかもしれないが、生きているうちにどれだけ迷惑をかけたのか、よく聞いておいたほうがいい人もいるということだ。

四国から叔父がやって来たのは二十三時ごろだった。

叔母を帰した後にようこ姉は一度自宅に戻り、叔父を最寄り駅まで迎えに行き、ふたたび施設に戻った。

叔父をつれて部屋に入ってみると、驚いたことに、母が意識を取り戻していた。

叔父が話しかけると、母は内容を理解し、受け答えができたのだ。さらに驚くことに、トイレに行きたいと自力で歩いて行き、ベッドに戻る途中の洗面台で歯磨きまでしたという。

その報告を受けて、母という人のプライドの高さを思った。

叔父にとって母は、関西でいうところの「きっつい」姉だったはずだ。（「きつい」よりも、ほんまに勘弁してほしいくらい「きつい」というニュアンスが混じるように思う、知らんけど）

母の母親である祖母に聞いたことがあったが、母は子供の頃から負けず嫌いで、それゆえに運動も勉強もよくできたらしい。そして何においても、我が道を行く。中学生になってもお風呂から素っ裸で居間に出てきて、父親や弟がいようとも扇風機で涼むようなことをする。何度注意したとて、馬耳東風。裸を見られる恥ずかしさを感じておらず、なんだったら、見たくないのなら見なければいいというような態度だったようだ。

そういうマイペースすぎる姉を、叔父と叔母が理解できたと思えないし、だからこそ、これまで不仲だったのだろう。「きっつい」姉である母としては、今際であっても弱っているところを弟に見せたくなかったのではないかと思った。

駆けつけてくれた弟に毅然とした自分を見せたかったのだろう。姉としてのプライドが母を蘇らせた。そしてもう一つ信じられないことが起きた。ここにきて、母と叔父は抱き合って再会を喜び合ったのだ。あんなに大喧嘩していたのに、いがみあっていたのに、何もなかったかのように、ただの仲良しの姉と弟となった。

ホスピスなどで不仲な家族を山ほど見てきた姉には、ただただ不思議な光景だった。人生の大逆転は珍しく、生きてきたように死んでいく。嫌われてきた者は、嫌われたまま死んでいく。身近な人間を怒らせてきた人にはそれだけの理由と歴史がある。

そういうことなのだろうと思っていたのに、「うわー、こういうこともあるんやなー」と思いながら眺めたようだ。

叔父は父と母と一緒に狭い部屋に泊まり、翌朝に四国に戻った。

「よかったね。その道に行けて」

母の一時的な危篤から三日後。

八月九日。

息子二人を連れて、わたしは母のもとを訪れた。

道中では、彼らの祖母の容態について息子たちに説明した。

病気が進んで話せないかもしれないし、見た目もあなたたちが知っているおばあちゃんとは違っているかもしれないけど、怖がることはないし、いつものようにお話ししてあげてもらえたらありがたい。

どこまで理解できているのかわからないでいたが、息子たちは素晴らしいまでに、いつもどおりの明るさで祖母に接してくれた。

この日も母はしっかり意識があった。わたしのことも、息子たちを愛称で間違えることもなく呼んだ。いとちゃんとたつこ姉も来て、寝ている母のそばで、みんなでおしゃべりするという平穏な時間を過ごすことができた。

しばらくするとヘルパーさんが来てくれて、母の爪を切ったり、マッサージをしてくれたりした。

「歯磨きもしましょかー」とヘルパーさんに言われると、いやだ、と首を横に振っていた。頑固なのはそのままだ。

「さっきね、ようこちゃんに頼まれてお母さんに訊いたの。お父さんがおらん時に、お葬式をどこであげたいのか。どのお墓に入りたいのかって」

たつこ姉が言う。

訊きにくいけど訊けたら訊きたいとようこ姉が言っていた、とても大事な案件だ。

母との関係性がもっとも良いたつこ姉に、その役を任せたのだろう。

「お母さん、なんて言ってた？」

「それがね、『堺に帰りたいわー。尾崎のお墓に入りたいわー』って言ったんよね。少女みたいなキラキラした目で」

たしかに、この段階での母は、少し透けて見えるような、純粋な輝きを放っていた。歳をとると赤ん坊に戻るというが、まさに俗世の煩悩から解き放たれているかのようだった。少女みたいなキラキラした目というのも、とてもよくわかった。

「堺に帰ってきてくれたら、おかあちゃんも喜ぶわ。そのつもりで、いつよしこさんが帰ってきてもええように準備してるで。だから、安心しいや」

いとちゃんはそう言ってくれた。

それはそれは、本当に心強かった。

さすが、いとちゃん。
さすが、ちゃあちゃんだ。
すべてわかってくれている。

それにしても、堺に帰りたいのはわかるとして、あんなに自分をいじめた義父が入っている尾崎家のお墓に入りたいというのは意外だった。墓にいる方々にしてもびっくりだろう。突然母が入ってきたら、中にいる者たちはちょっとしたパニックになるんじゃないだろうか。

えっ？
来たんかいな？
まじか？

そんなことを想像し、わたしたちは母の横でおおいに笑い合った。

いとちゃんとたつこ姉が帰り、父は疲れて寝ていた。

床に座り込んで長男は本を読んで、次男は東京から持ってきたスイカのビーチボールを膨らませて遊んでいた。ヘルパーさんも帰られた。

わたしは母がゼリーを食べたいと言うので食べさせてあげた。わたしが買ってきたもので、ブドウと桃のどちらがいいかと訊くと、ブドウと答えた。母はほとんど固形の食事をとれなくなっていて、ゼリーなら好んで食べたがると聞いていたから、買ってきてよかった。

母をベッドに座らせて、ティースプーンで掬って母の口に入れてあげると喜んだ。息子たちが小さかった頃によくしてあげていたように。

考えてみれば、自分の母親に何かを食べさせてあげるなんてことははじめてで、少し緊張した。

小さなゼリーだったが半分ほど食べるともういらないと言うので、またベッドに横たわらせ、今度は脚をマッサージしてあげる。

どれくらいの強さがいいのかわからないので、「これくらい？　もう少し強く？」と聞きながら浮腫んだ白いふくらはぎを摩《さす》るようにした。

後から振り返ると、神様がくれたような、母との親密なひとときだった。

「気持ちいい？」

「うん、ええわ」

母がどれくらいわたしの話が理解できるのかもわからないけれど、わたしは近況を話した。

はじめて脚本を担当させてもらったドラマ『コートダジュール No．10』が十一月に放送される予定で、その試写会が来週あって、楽しみなのだと伝えた。ドラマの脚本を書かせてもらっていることは母にも話していて、それが放送されることを楽しみにしていた。けれど、そんな話はもう忘れてしまっているかもしれないと思いつつだった。

だけど、その時に母が言った。

「えいちゃん、よかったね。その道に行けて」

かすれた声で。

だけど嬉しそうに。

「その道？」

「アナウンサーになりたいって言うてたけど、ならんでよかったね」

たしかにわたしは学生時代に、アナウンサーになりたいと思っていたことがあり、自分でせっせとアルバイトした貯金を使ってまでしてアナウンス専門学校に通ってもいた。

言葉が好きで、朗読が好きだったからだが、しばらく目指しているうちに、とても自分には向いている職業ではないと気づき、三社のキー局で不合格をもらって、早々に撤退したのだ。

そこから本当に自分が好きなものは何なのかと突き詰めてみたら、言葉は言葉でも、文章を書くほうなのかも？　と思うようになった。

子供の頃から物語のようなものは書いていた。

そして、はじめて原稿用紙百枚以上の物語を完成させたのは、大学三年の頃だった。将来の進路や恋愛に悩んでいて、現実から逃げるように長編小説を書きはじめた。いま思えば拙い作品だが、その時は完成させられたことに興奮し、老舗の文学賞に投稿した。もちろん一次選考も通過せず。だけどそれをきっかけに、わたしの執筆がはじまった。


趣味でしかないと思っていたが、ふと、これが真剣にやりたいことなのではないかと、思い至った。

自分の気持ちに気づいたら、そこはバカなほどお気楽な性格で、就職活動をやめてしまった。

アルバイトをしながら小説を書いて、だいたい三年やってみて、ダメならまた就活すればいい。いわゆるロスジェネ世代だ。求人は少なかった。やりたくない職業につくくらいなら、やりたいことに賭けたほうがいい。就職という場において希望があまりなかった時代だから、無謀になれたのかもしれない。

けっきょくうまいことに、卒業前に出版社の編集のアルバイトに潜り込み、そのまま社員になったのだが、その間も小説を書いては投稿していた。編集じゃなくて、やっぱりわたしは書くほうが性に合っているとわかってフリーランスになり、雑誌などのライターをしながらも、小説を書いては応募した。

いいところまで行っても、なかなかデビューはできなかった。

簡単に、芽は出なかった。

母はいつも応援してくれていた。母は四柱推命などの東洋占星術に詳しいものだから、それを根拠に褒めて、だから大丈夫なのだと言い続けてくれた。三十の時にはじめてオリジナルの小説を出せた時も、三十五歳で文学新人賞をもらってデビューできた時も、母は誰よりも喜んでくれた。

覚えてくれてたんや、わたしが歩んできた道を。

脳転移して、意識があやふやなはずなのに。

涙が出そうになって、わたしはごまかすように笑った。

「アナウンサーにならんでよかったって言うけど、なれなかったんやで」

そう茶化すと、母も笑った。

その日

第五章
母、旅立つ

「しっかりとお別れはできているんやから」

翌々日の、八月十一日。

お盆の帰省で義理の実家に二泊することが決まっていた。

正直、東京を離れることに不安はあったが、東京であろうと新潟であろうと、呼び出されて戻るとなればさほどの違いはないと思い、予定どおり帰省した。

それでもずっと頭には母のことがあった。

近くの海水浴場で子供たちを泳がせていても、わたしはいつ呼び出されてもすぐに動けるようにと、水着にはならず洋服のまま浜辺にいた。

ようこ姉からは毎日報告があった。

母は胸部のリンパ節転移があることからむせがひどくなり、飲食が厳しくなっているとのことだった。

「残り時間はあと数日といったところやわ」

それでも新潟にいる間に、母が急変することはなくて済んだ。

八月十三日の夜。

父からようこ姉に電話が入った。母が目を開けながら意識を失っているようだという。

ようこ姉は家族を連れて母のもとに駆けつけてくれた。診察したところ、どこかはわからないが脳内で出血を起こしたようだった。

いまから行くにしても、すでに二十一時を回っていて長距離の移動は難しかった。

「たっちゃんも来てくれるし、とりあえず待機していて。明日の朝にまた連絡するから」

あまりよく眠れないまま、朝を迎えた。

翌朝、母の容態は反応が薄いままで安定しているという。

こういう状態がいつまで続くのか、その見極めはとても難しい。

思えば、この母の急変がいつ来るのか待っているような日々が、母の看取りにおいて一番しんどかった。いい知らせではないので、気持ちとしては「待っている」わけではないが、しかし態勢としては「待っている」。

いつ亡くなるのかわからない家族がいるというのは、物理的にそばにいようといまいと関係なく、神経をすり減らすものだった。

帰るタイミングがわからず、しばらく悶々とした時間を過ごす。

母を最優先したいが、二日後の八月十六日に『コートダジュール No. 10』の試写会があり、できればそれに出席したいという希望は持ち続けていた。

ただ、そんなことを言っている場合ではないともわかっている。

「いますぐにお母さんのところに行きたいけれど、迷う気持ちもあって、どうしたらいいいんやろう」

「自分の生活をきちんと送りつつ急な事態に備えてほしい。夜の移動は必要なく、朝を待って行動したらええよ。みんなそれぞれに、しっかりとお別れはできているんやから、何も慌てることはないんやで。前にも言ったけれど、もしもお母さんの最期に立ち会えなかったとしても、大丈夫なんよ。それがお母さんが選んだことなんやわ」

旅立つ時は、自分で決めている。

姉の言葉を胸に、わたしは東京で待機することを選んだ。

どうかお母さん、十七日まで待ってね。

心の中で母にお願いした。

すると、またしても母が驚異的な生命力を発揮する。意識は朦朧としているようだが、自力で座れるようにまでなったという。

そして母の急変の連絡がないまま十六日になり、わたしは無事にドラマの試写会に出席することができた。その後の打ち上げにも参加し、地元のバーで一人、短い祝杯をあげた。

このドラマに参加させてもらえたことは、わたしにとって大きな転機だったことに間違いない。

この二年前、わたしは人間ドックで乳がんの診断を受けていた。

0期という超初期での発見は不幸中の幸いだったが、それでも左胸を全摘出しなくてはならなかった。

それに手術して病理検査をしてみると一部浸潤していることがわかり、0期から1期にレベルが上がってしまった。ただ悪性度はさほど高くなく、新薬も効くタイプで、ホルモン治療も有効だった。

「できるすべての標準治療を受けておきなさい。新薬は抗がん剤と併用した場合に効果があるというエビデンスなんやから、抗がん剤治療も受けておきなさい」

ようこ姉に言われ、かなりの覚悟がいるものだったが、言われたとおりにすべての治療を受けることにしたのだが……。

実際の治療は、本当にきつかった。

肉体的にもだが、精神的にも参ってしまった。

抗がん剤の点滴は薄めた赤ワインのような色をしていて、しばらく赤色の飲み物を見るだけで気持ちが悪くなった。メンタルもやられてしまい、あらゆることに自信が持てないようになった。

当然、小説なんて書けなくなっていた。そもそもがんが見つかる前まで、わたしはデビューして二作目に取り組んでいたがうまくいかず行き詰まっていた。

詰んだな、と思った。

その一年半前に新人賞をもらって、ようやくスタートラインに立てたと思ったけれど、ここまでだと。

そんな時に、以前から交流があった、『コートダジュールＮｏ．10』のプロデューサーである安藤由紀子さんに病気のことを話す機会があった。四時間ほどだろうか、長くいろんな話をした。わたしの話を聞いた安藤さんに、こう言われた。

「えいこちゃん、病気でしんどいのはわかるけれど、ここで書くのをやめてはいけないいからね。書ける人は書き続けたほうがいいよ。現実がつらいのなら、非現実的なものを書いてみてはどうかな。それと、今度ドラマをやるのだけど、脚本を書いてみたらどうよ？」

二十代の頃に、シナリオ学校の二カ月コースには通ったことがあり、シナリオの新人賞にも二回だけ応募したことがあった。

一本目は一次も通らなかった。二本目は二次まで通過して手応えがあった。

ただ二本書いてみて、その時はやっぱり小説を書きたいと思い、シナリオを書くのはそこでやめてしまった。

「脚本を仕事として書いたことがないのに、できるものでしょうか」

「ドラマはグループで作るものだから、みんなで打ち合わせを重ねて相談しながらやっていけば、きっと大丈夫よ」

安藤さんは言ってくれた。

そういう経緯で、携わらせていただいたドラマだった。

底辺にいるわたしに手を差し伸べてくれる人の信頼に応えたい。それがわたしの活力になった。

執筆の仕事を諦めないでいられたのは、『コートダジュール No. 10』のおかげだと思っている。

ちなみに、非現実的なものを書いてみたらどうかと助言をいただき、書き上げたのが二作目となる『ホテルメドューサ』（KADOKAWA）だ。

フィンランドの森の奥に異次元に通じる場所があるという噂を聞きつけて集まった四人の日本人の物語である。こちらは翌年の二〇一八年五月に刊行することができた。

「ええかっこしいやねんから、ほんまに」

試写会の翌日。

八月十七日。

十一時ごろに家を出て、息子たちを連れて京都に向かった。

お盆シーズン、しかもお昼時で、東京駅はたいへん混雑していた。

新幹線の中で食べるのに何かお弁当を買おうとすると、ご飯党の息子たちが珍しく揃って「パンがいい！」と言う。面倒臭いなと思いつつ、地下に下りてパン屋を探すことにした。

一週間ほどの滞在も見込んで、わたしは中型のスーツケースに荷物を詰めてきていた。喪服も入っている。

それを押しながら、片手で次男の手を引きつつ、人をかきわけるようにし、見つけたパン屋に入ることにした。

店の前の端っこにスーツケースを置いて、ここで待っているようにと息子たちに言い聞かせる。買ってきてほしいパンのリクエストを聞き、そらで覚えて、わたしは店内に入った。

その時だった。

ジーンズのポケットに入れていたスマホが震えた。

ようこ姉からだった。

今日行くことは伝えていたので、何時くらいに到着するのかを聞く電話だろうかと思いつつ、わたしは出た。

「もしもし」

「あっ、えいちゃん。いまね、お母さんが心停止したって連絡が来たよ」

心停止した。

ということは、つまりそういうことなのか。

「わたし、いま東京駅。新幹線に乗るところやから」

「ああ、そうか。でも急ぐことないし、ゆっくりおいで」

「わかった」

電話を切り、呆然としそうになったが、人に押されて現実に引き戻される。

とにかくこの人混みの中から出たい。

さっさとパンを買わなくては。

ソーセージパンとチョココロネ、クリームパン、サンドウィッチ……子供たちのリクエストを思い出しながらプレートにパンをのせてレジへと急いだ。
急ぐことはない、ゆっくりおいでと言われても、そういうわけにはいかない。一番早いのぞみのチケットを購入して飛び乗った。

三人並びのシートの通路側に座り、わたしは買ったばかりのパンを息子たちに配った。朝ごはんをしっかり食べてきたのにお腹が減ったと騒ぐ息子たちは、新幹線が動くより先に食べはじめた。

新幹線が動きはじめる。

窓の外の景色が流れていくのを眺めていたら、張り詰めていたものが溶けていくように感じられた。

ああ、間に合わなかった。

そう思った。

そしてすぐに、こう思った。

お母さん、十七日まで待ってねというお願い、ちゃんと聞いてくれたんやね。

たしかあきこ姉も、十六日に大事な仕事があると言っていて、それも調整した上で、今日という日を選んだのだろう。

母はとてつもない厄介ごとを持ち込んでくるけれど、一方でプライドの高さから娘たちに自分をよく見せたがるようなところがあった。

『あんたたちに見送られるまでもないわよ。タイミングのいい時に来てちょうだい』

母の声が聞こえてくるようだった。

新幹線でポロポロと泣くわたしを心配そうに見る息子たちに、彼らのおばあちゃんが息を引き取ったことを伝えた。

「おばあちゃん、もう少し待っててくれてもいいのにね。ええかっこしいやねんから、ほんまに」


「よしこ！　愛してんどー！」


母のところに着いたのは十五時半ごろだった。

午後の仕事を早めに切り上げたようこ姉が、少し先に来て死亡診断書を書いてくれていた。

母が穏やかな表情であることにホッとし、最期の状況を主治医である姉から教えてもらう。

「午前中に訪問看護師さんから連絡があったの。手足が冷たく、冷や汗がある。腹部にも多量の尿の貯留があり、圧迫で一リットルほど出た。呼吸が浅くあまり時間がないように思われる。全体的には楽そうなので何も薬は使わずに様子を見るとのことやった。手足が冷たいのは脱水により手足に回る血流が保てないんやろう。尿を一リットル出すと迷走神経反射で血圧が下がるんじゃないかと懸念されたけど、それはそれでいいのかなと思って、電話を切った。それが十一時四十二分だった。そして十二時十五分に施設の方から『呼吸が止まりました』と連絡があった。

それで、さっき最期に立ち会った介護士の人に、その時のことを聞いたんよ。お父さんのお昼のご飯の声がけをしに部屋に来たら、お父さんはよく眠っていて、お母さんを見るともう下顎呼吸が出ていたと。それですぐさまお父さんを起こしてくれたんやって」

『お父さん！　お母さんがもう逝っちゃうよ！　いまだったら声が聞こえているから、早くお別れして！』

介護士の人が言うと、慌てて起きた父は母のベッドの横に立ち、

『よしこ！　愛してんどー！』

そう叫んだという。

すると母は、それに応えるように、『ガーッ』と絞り出すように声を出して息を引き取ったそうだ。

「すごいな、お父さん。最期の言葉に、愛してんどー！　はなかなか出てけえへんで」

「それに応えたお母さんの生命力にも驚くわ。脳出血のせいで言語障害があって言葉にならない中で、精一杯応えようとしたんやろうな。わりと感動じゃない？」

「うん、感動！」

「死ぬなよ！　って言ってわたしらに何でやねん！　って突っ込まれたお父さんの成長を感じるし」

「ほんまやな。この数週間でお父さん、だいぶ成長したやろうね」

そういえばこの時、父はどこにいたのだろう。思い出せないのだが、こんなやりとりをようこ姉と二人で交わした。

のんびりとはしていられなかった。

母のもとにたつこ姉とあきこ姉も着くと、四姉妹で家族葬に向けて動き出した。

葬儀屋に連絡し、家族葬のプランを申し込んだ。それぞれの予定もあるので、なるべく早く終えてしまいたい。火葬場に直接連絡して空きを調べると、三日後の二十日がちょうど良さそうで予約した。

葬儀屋さんの対応は迅速で、あれこれがあっという間に決まった。翌日には母は希望どおり堺に移ることになった。

翌朝、堺市役所に住民票をもらいに行く。

家に帰ると葬儀屋さんが来ていて、姉たちが対応してくれていた。母が安置される場所を作るのに、ちゃあちゃんが布団などを準備してくれた。家族葬らしい小さな祭壇が作られた。

しばらくすると母が家に帰ってきた。

脱毛していた頭にはウィッグがかぶせられ、きちんとお化粧もしてもらっていて、きれいやわ、とみんなで言い合った。

葬儀が終わるまでの三日間、わたしは写真や動画をたくさん撮っている。ちゃあちゃんと次男が母のそばで話している動画があり、二人のやりとりが面白く、何度も見返した。

『おばあちゃん、もう起きてって言うてや』

ちゃあちゃんが言うと、

『もう起きてー』

と、次男が母に向かって言う。

その光景を撮っているわたしは微笑ましげに笑いながら、

『あはは、寝かしといたって』
と、二人にそう言っている。
『もっとねんねさせといたる？』
ちゃあちゃんは次男に訊く。
『うーん。あとで起きると思うよ』
次男は答えた。

カメラは後ろにターンする。
葬儀の作業をしているようこ姉とあきこ姉が映される。
二人もちゃあちゃんと次男のやりとりを聞いて笑っていた。

ちゃあちゃんは二〇二二年の一月の終わりに亡くなった。
その日にスーパーに買い物に行って少し早めの恵方巻きを買って食べて、お風呂に入り、なかなか出てこないと思ったら眠るようにして亡くなっていた。

ちゃあちゃんもいなくなってしまったいまとなっては、この時の動画は宝物だ。

母の願い事

家族葬というシンプルなプランとはいえ、決めなくてはいけないことがある。参列者のリスト、遺影の写真をどれにするか、棺に何を入れるかなど……姉たちと決めていく。

その準備と同時進行で、母の遺品の整理もしておこうということにもなった。というのも、父と再婚してから、母はかつて子供部屋だった二階の十二畳の部屋を使っていたのだが、物で溢れかえっていた。

一度にすべての整理はできそうにないが、四人が集まっているうちに精査しておいたほうがいい。それに、形見分けできそうなものはしたほうがいいだろう。

とにかく同じものがいくつも出てくる。二、三個ではなく、十数個だ。ポーチ類、老眼鏡、新品のパンスト、腹巻きなど十個以上、メイク系のものはもっと大量で、リップブラシやアイシャドウチップなどは新品のまま二十個以上出てきた。どんだけメイクするつもりやねん、と姉たちと呆れ果てた。

認知機能が低下していた可能性もあるが、これは母の性分だろう。母は何を買うにも、一つだけということができない。

以前、百均に行くというのでハサミを買ってきてほしいと頼んだら、五個も買ってきたことがあった。

いやいや、一個でええやん。普通はそう思うが、「ハサミなんていくらあってもええやないの」という考えで、店頭にあった全種類買ってくるのが母なのだ。

ノートも大量だった。

母は若い頃から四柱推命を学んでいて、その腕前はかなりのものだった。一時期は大阪マルビルの一角でマリー先生という名前で占い師をしていたこともあり、けっこう人気があった。

わたしたちのことも事細かく占ってくれて、これにかんしては本当に助かった。相性を見るのがとくに上手で、上司や仕事相手、恋人なども鑑定してもらい、この人はどういう人で、どういう対応をするとよいのかをいつも教えてくれた。

芸能人が結婚すれば生年月日を調べていた。母から電話がかかってくる時は、またトラブル?!　と思ってしまうので毎度少しドキドキして出るのだが、

「えいちゃん！　ちょっと藤原紀香ちゃんの生年月日を調べてちょうだい！」

とか、そういう依頼も多くて、ホッとするやら、またかいな、という気持ちになるやら。そして、占った結果もいちいち報告してくれるのだ。

「この二人ね、ええのはいまだけよ！　すぐに別れるから、見ててみ！」など

と予言のように言い、本当にすぐに別れたりするから面白かった。

四柱推命の命式を書いたノートだけで数十冊。

また母はシリウス星にいたと信じていたと書いたが、自分のルーツについて

執拗に調べており、先祖を辿ったり、占いや霊能者に見てもらったり、あらゆるアプローチで調べていて、そういうことも書き残していた。達筆な字で詳細に書き連ねているのを読むと、執念すらも感じられた。


「お母さんがメモ魔なのは知ってたけど、これほどまでとは」

「何の話なんかわからんことも多いしな」

「いったい何がお母さんを突き動かしていたんやろうね」

「もう本人に訊かれへんしな」


そんな話をしながら、わたしたちは作業した。

ノートは母の筆跡なので置いておくことにして、新品で使えるものや服などはほしい人がもらい、あとはとにかく捨てていく。

「それにしてもお母さん、猫グッズ多いな。猫の写真を送ってって言ってきて、なんでなんかなと思ってたけど、ほんまに猫が好きやったんや」

あきこ姉が飼っている二匹の猫を、母はかわいがっていた。ルックスもいい子たちだったから、そういう意味で写真をほしがったのだろう。

母の大量の私物を前に、過去に母がしでかしてきた様々なことも笑い合いながら、わたしたちは捨てる、捨てないを分別していった。

この時間が、わたしは案外楽しかった。

四姉妹はいわば運命共同体だ。

勘弁してくれよというあらゆることを、四人で分かち合いながら乗り越えてきた。勘弁してくれよという思い出も、四人で振り返れば爆笑のネタである。

自分が死んだというのに、涙が出るほど笑いながら遺品整理をしている娘たちを母が見たら、どう思っただろうか。

絶対に喜んだと思う。

『あんたたち、ずいぶんと楽しそうやね。ええわよ、おおいに面白がってちょうだい！』

ニコニコしながらあっさり言うのだろう。

そして、たつこ姉と二人で作業していた時だった。

「あっ、これやわ！」

どうしたのかと訊くと、ピラミッド型のオブジェのようなものを手にしてこちらに見せる。

およそ十センチほどの四角錐で、真鍮のような金属でできていた。側面にはエジプトの壁画を模倣した横顔の人物たちが細かく彫られている。やはりピラミッドなのだろう。

姉は上の部分をパカッと開けた。

中を覗いてみると、小さく折り畳まれた紙のようなものが積み重なっている。

「何なん、これ?」

「このピラミッドの中に願い事を書いた紙を入れておくと叶うんだって、お母さん、なんかの通販で買ってたんよ」

たしかに、母が好みそうなものだ。

「っていうことは、ここにはお母さんの願い事が書かれているってこと?」

「そうなるよな。どうする? 見る?」

そう訊かれ、三秒ほどためらってから、見よう、とわたしは頷いた。

「本人は亡くなっているし、いいんちゃう?」

「そうやんね。やっぱりお母さん、病気のことを書いているんやろうか」

叶えたい願いがあったから、こういうものを購入したのだろうし、深刻な病気におかされていた人が真っ先に願うことといえばそれを治すことだろう。

そう予想して開けてみたら、

『ラーの大神さま　携帯電話が見つかりました！　ありがとうございます！』

『ラーの大神さま　◯◯氏の記事がアメリカの□□誌に掲載されました！　心より感謝いたします！』


アファメーションというものだろう、すでに願いが叶ったという体裁で書いてあるのだと思われる。

つまり、母は亡くした携帯電話が見つかってほしいことや、わたしたちには誰のことなのかさっぱりわからなかった◯◯氏の記事が、アメリカの雑誌に掲載されてほしいとラーの大神にお願いしていたのだ。


「こんなことを願われたって、エジプトの太陽神も困るやろうな」

「病気に関する願い事が一枚もなかったね」

「お母さん、どういうつもりやったんやろ。ラーの大神にお願いするまでもなく、病気が治ると思っていたんかな」

「それか、治すつもりもなかったのか」

さっぱりわからない。

わたしたちは首を捻り合って苦笑した。

エピローグ
母、シリウスにて

そのの日からしばしばらく

納得の看取り

通夜と葬儀には、母の弟と妹である叔父と叔母、四姉妹の家族、ちゃあちゃん家のみなさんに参列してもらった。

最小限にしたが、それでも二十五人ほどの方が家に集まり、居間はぎゅうぎゅうになる。とはいえ、お経を上げていただきそれだけの人数がお焼香するだけなので、短めに終えられた。

母がたぶん五十代だった頃の写真を遺影に選んだ。少し若すぎるかもしれないという意見も出たが、プライドの高い母のことだから、「もうちょっとええやつないの！」と言いそうなので、女盛りの頃のものにした。

晴れ晴れとした満面の笑みで、これなら本人も文句を言うまい。

通夜振る舞いにお寿司を頼んで、ごく親しい人たちと母の思い出話に花が咲く。父は案の定酔っ払っていたが、メソメソはしていなかった。

父なりに、納得の看取りができたのだろう。なんといっても、母が旅立ちに立ち会う人として父だけを選んだことに気をよくしていたようにも見えた。

母も希望どおり堺に戻って、みなさんが会いに来てくれたことを喜んだはずだ。

ようこ姉の計らいで在宅で母を看取ったこと、家族葬で見送ったことは、本当によかったと思っている。

家族の看取りについて相談されると、わたしは自分が経験したことを話しておすすめしている。

大事な家族の死と向き合うことは重苦しいことではあるけれど、お互いに重くなりすぎないための知識や心構えはあって、それを知っているか知らないかで、残された者の心持ちはずいぶんと変わるのだと知ったからだ。たとえば、最期の時に立ち会うのはとても難しいということ。

もしも立ち会えなかったからといって自分を責めることはないと教えてもらえているかいないか、それによって母が心停止した連絡をもらった時のわたしの心持ちは違ったはずだ。

その時を母が選んだのだと思えればこそ、寂しさで涙に暮れながらも、穏やかな気持ちで受け止めることができた。

＊

葬儀から数カ月後。

尾崎家のお墓に母の骨を納めていただく。

堺の実家から歩いて十分ほどのところにある南宗寺に、代々のお墓があった。ところでこの南宗寺は、歴史ファンにはけっこう知られている。大河ドラマ『真田丸』ではゆかりの地として紹介されるほど由緒あるお寺で、また面白いことに、徳川家康のお墓もあるのだ。

家康公のお墓といえば、栃木県にある日光東照宮と、静岡県にある久能山東照宮の二カ所に埋葬されていると知られているが、堺の南宗寺にも存在するのである。『東照宮　徳川家康墓』を碑銘された立派なものだ。

「南宗寺史」によると、家康公が大坂夏の陣で茶臼山《ちゃうすやま》の激戦に敗れ駕籠《かご》で逃げる途中、後藤又兵衛の槍に突かれ、辛くも堺まで落ち延びたが、駕籠を開けてみると既に事切れていた。そして遺骸を南宗寺の開山堂《かいざんどう》下に隠し、後に改葬したという伝説が紹介されている。

そういう逸話もあり、父と母は南宗寺を気に入っており、そこにお墓を持てていることを常々誇らしく思っていたのだった。

母が、自分をいじめた義理の父も眠る尾崎家のお墓に入りたいと言ったのは意外に思えたが、それなりに強い思い入れがあったのだろう。

それにしても納骨したりお墓に魂を入れたり、人は亡くなってからもお金がかかるものだとよくわかった。魂抜くのも入れるのも十万円！　坊主丸儲けとはよく言ったものだ。

お墓やお仏壇というものが廃れていくのも理解できる。わたしたちもそのうち墓じまいをするのか、するならいつ頃なのかという話をしなくてはならない。

この時に、ご住職の奥さんにも挨拶をした。

祖母がお墓を守っていた頃から、年末にはビール券を贈るなどしたこともあり、うちのことをよく気にかけてくれている明るい奥様だ。信心深い母はよくお墓参りにも来ていたので、こちらの奥さんとも親しくしていたようだった。

「もうびっくりしました。まさかほんまに亡くなられるなんて思うてなかったんですわ」

奥さんはわたしたちに言った。

「いやね、お正月にお母さんがお参りに来はってお話ししたんですよ。その時にね、言われたんですよ。『わたし、もうすぐ死ぬのよ！　がんでステージ4なの！　わたしが死んだ後も、お墓のこと、よろしくお願いしますね！』って。まあ、明るく言うもんやから、冗談やと思うて『また、そんなこと言うて！』って笑って返したんですわ。ほんだらお母さんも、ほほほって笑ってね。やっぱり冗談やったんやなって思うてたの……そしたら、まさか。ほんまにびっくりしました」

その光景が目に浮かぶようだった。
ここでもまた考えてしまう『わたし、死なないから』の真意だ。

虚勢から出た言葉なのか。
本当に死なないと信じているのか。

ウルトラCなのか。

こうなると、ウルトラC説が濃厚に思えてきた。そうは言ってももう確かめようがない。

たつこ姉はこんなことも言っていた。

「お母さん、サ高住に移り住んでから拝み屋に祈祷を頼んでいるみたいやったんよ」

「何よ、拝み屋って」

「祈祷して病気を治す人みたい。たぶん、病人を食い物にした詐欺師やから、やめときって言ったんやけど」

「でも、そういうものに縋りたいくらいには、生きようと思っていたってことなんかな?」

「さあね、わからんわ」

「お姉ちゃんに言った『帰らなくちゃならなくなったわ』っていうのも、謎のままやもんね」

「シリウスなんかな、知らんけど、とにかく宇宙に帰ったんやろうかね。あれよあれよというまにいなくなってしまって、かぐや姫みたいやわ」

姉はしみじみとそう言った。

そんなええもんか？

お母さん、ありがとう

困った人であった母だけど、四姉妹がこれまでほとんど揉めることもなく仲良くしてこれているのは、母のおかげだと思っている。母は姉妹で比べることをしなかったし、それぞれの良さをよく褒めてくれた。

どのように褒めたかというと、四柱推命的に見て良いところを絶賛する、その一辺倒！

あんたのこの印綬（四柱推命の通変星というものの一つ）が帝旺《ていおう》でね、強いのよ！　とか。

この星があるのは「言葉」がお金になるってことやから、文章を書くのがええし、頑張りなさい！　とか。
こんな命式を持って生まれてきているのは、よっぽど前世で徳を積んだ証拠なんよね！　とか。

どんなに強く言い切ろうとも、所詮は根拠のないことで、ふーん、そうなんやー、としか言えないようなことだが、逆に根拠がないことだから深く考えずに受け取ることができたように思う。

ふーん、そうなんやー。
でもまあ、そう言われたらそんな気もするなー。

と、根拠のない自信を植え付けられてきたのかもしれない。

条件付きの愛をあげることは、親として容易い。自分の都合のいいように子供を仕向けるために、安易にしてしまいがちだ。

これができたらいい子ね。
これができたからあなたはすばらしい。
頑張るあなたが大好きよ。

母は、これと正反対のことをしてくれていたのではないか。
四姉妹が仲良しなのも、それゆえなのかもしれない。

そうなんやったら、お母さん、ありがとう。

それに、ほんまにいろいろなことがあったけど、わたしの仕事において結果的にネタにできているので助かっております。

おかげでタフにもなりました。

でも、もし来世でも会うことになったとしたら、家族以外を希望します。
そうやな、一緒に美味しいものを食べたり飲んだりしながら、宇宙人とかムー大陸のことで盛り上がれるような、そんな楽しい友達として、どこかの世界で、また会いたい。

おわりに

姉のようこが、在宅訪問医療の医師として、母の終末期をサポートしてくれたおかげで、わたしたち家族は悔いのない母の最期を迎えることができました。振り返ると、これほどすばらしいことはないと、心から思います。

母はわたしたちにたくさんの愛を与えてくれましたが、同時に一筋縄ではいかない人生を送りました。新興宗教を次々と渡り歩き、会社を倒産させ、財産の多くを使い果たしてしまった。まさに「やりたい放題」の人生。でも、最後は家族全員が心を込めて看取り、温かく見送ることができたのです。

それだけで、母の人生に満点をあげてもいいのではないかと感じます。

「終わりよければすべてよし」と言いますが、まさにその通り。母の人生の最期の瞬間が、わたしたちにとっては最高の締めくくりとなったのです。

こんなふうに心から感じられるのは、やはり姉、ようこがプロフェッショナルとして母の看取りをしてくれたからこそだと思います。姉の知識と経験が、私たち家族を安心させ、支えてくれました。母の最後の日々はわたしにとってかけがえのない時間で、これは母からの最後のプレゼントだと思えたほどです。なので、母が亡くなった後、その日々を思い出しながらわたしはメモを取り、その経験をもとに物語を書きはじめました。それが『有村家のその日まで』（光文社）という小説となり、二〇一八年の秋に出版されました。

わたしは父と母の再婚の経緯や、母の最期を綴ったエッセイも書きました。当時、契約していたエージェントのサイトで公開していたのですが、これを読んだ友人や知人たちから、家族の看取りについて相談を受けることが増えてきました。大切な人の旅立ちを見守るということは、どんなに準備しても不安がつきまとうものなのだと痛感します。

感情が混乱したり、現実的なことに悩んだり、予測できない問題が次々と起こるからです。

だからこそ、わたしは自分の経験を少しでも役立ててほしいと思ってきました。とりわけ、姉ようこが教えてくれたことを伝えると、みんなが「ふんふん、なるほど！」と納得してくれるのです。看取りに関する専門的な知識は必要とする人にとって大きな助けになるのでしょう。

本書の編集を担当してくれたのは、CEメディアハウスの編集者であり、予備校時代からの友人である田中里枝さんです。彼女が企画をしてくれたおかげで、この本を形にすることができました。本当に感謝しています。

じつは、田中さんは私の母とも会ったことがあり、四柱推命の鑑定を受けたこともあったのです。その時の母の鑑定で、「あなたはダントツで一番にならなきゃ気が済まないタイプ！　二番で妥協なんてできないんだから！」と言われていたことを、わたしはいまでもよく覚えています。彼女のエネルギッシュな仕事ぶりにピタリと当てはまっていて、母の見立てが的確だったことに驚きます。

家族の死という重いテーマであるけれど、少し変わった一家のささやかな歴史を笑ってもらいたい。そんな想いにぴったりの装幀を手がけてくださった鈴木成一さん、岩田和美さん、装画と挿画のスーシーグリーンさん、ありがとうございます。本書に関わってくださったすべての方々にも、心から感謝しています。感謝の気持ちをどう言葉にしていいかわからないくらい、ありがたく思っています。

また、わたしの家族や友人たち、とくにずっと我が家を支えてくれたちゃあちゃん、そのご家族に心からありがとうを伝えたい。家族というのは、血のつながりがあるかどうかに関係なく、心のつながりが大切なのだということを教えてくれました。

そしてこの本を手に取ってくださったみなさん、本当にありがとうございます。「ふんふん、なるほど」と思ってもらえたら嬉しいですし、「こんなこともあるんだ！」と笑ってもらえるだけでも、わたしは本望です。

尾崎英子 おざき・えいこ

作家。1978年、大阪府生まれ。2013年『小さいおじさん』（文藝春秋、のちにKADOKAWAより『私たちの願いは、いつも。』として文庫化）で、第15回ボイル
゛エッグズ新人賞を受賞しデビュー。著書に『ホテル
サ』（KADOKAWA）、『有村家のその日ま
馬になれ』『たこせんと蜻蛉玉』（以
上 は10代から楽しめる作品に
も執筆の 、の鐘が鳴る』『学校に行かない僕の学校』（ プラ社）他。2024年、『きみの鐘が鳴る』で、うつのみやこども賞受賞。

母《はは》の旅《たび》立《だ》ち

2025年5月10日　初版発行

著者　尾崎英子

発行者　菅沼博道

発行所　株式会社CEメディアハウス
〒141-8205 東京都品川区上大崎3丁目1番1号
電話〈販売〉049-293-9553〈編集〉03-5436-5735
http://books.cccmh.co.jp

ブックデザイン　鈴木成一デザイン室

イラストレーション　swtiih green｜スーシーグリーン

校正　株式会社文字工房燦光

DTP　有限会社マーリンクレイン

印刷・製本　株式会社新藤慶昌堂

 ISBN978-4-484-22129-8